閻魔堂沙羅の推理奇譚

業火のワイダニット

木元哉多

講談社
タイガ

CONTENTS

【ILLUSTRATION】望月けい
【DESIGN】AFTERGLOW

#【第1話】

外園聖蘭 30歳
契約社員

死因 ？

To a man who says"Who killed me,"
she plays a game betting on life and death.

1

「二年間、お疲れさまでした」

契約期間の最終日。パチパチと乾いた拍手のあと、送別会もなく、外園聖蘭《ほかぞのせいらん》は会社をあとにした。

二年間の契約社員だった。マンション販売の接客。最終的な契約は社員がやるが、そこにいたるまでの物件案内を担当する。もともと契約は二年だったが、働き次第では社員登用もあるという話だった。

そのときの応募で入ったのは、聖蘭を含めた五人。社員登用されたのは二人。切られた三人のうち、一人は明らかに無能な子だった。楽することばかり考えていて、うまくいかないと人のせいにする。だから切られて当然。もう一人は能力的には普通だったが、結婚が決まって自主的に契約を終える。

社員登用された二人のうちの一人は、とても能力が高かった。三十八歳で、シングルマザーとして育児しながら働いていた。外資系企業に勤めていた経歴があり、あらゆる面でスキルが高かった。だから社員登用されたのは納得できる。

問題はもう一人のほう。

漫画しか読めない子で、休み時間はずっとスマホをいじっている。簡単な仕事しかできず、それも指示されたことをこなすだけで、よけいな仕事はしたがらない。仕事よりプライベートを充実させたい今どきの女の子だ。

仕事は聖蘭のほうができた。それなのに彼女のほうが社員登用された。

理由は明白。彼女はかわいいのだ。

妹キャラで、仕事で難しいことがあると、近くの男性社員に上目づかいですり寄っていく。「分からないんですぅ、どうすればいいんですかぁ?」と媚《こ》びる。男をキュンとさせる困り顔を浮かべ、瞳《ひとみ》を潤ませる。特にバレンタインデーは、人事を握る幹部、発言力のある上司、出世しそうな若手社員に絞って、攻勢をかけていた。

聖蘭には理解できないタイプの女だった。社員がいるときだけ頑張ったふりをする。意識が低く、目的がずれている。

聖蘭は、その子のようには振る舞えない。その代わり、きっと見ている人はいるはずだと信じて、仕事は一生懸命やった。雑用も嫌がらず、誰も見ていない場所でも手を抜かなかった。控えめに言っても、聖蘭の仕事ぶりは五人中二位だったはずだ。それなのに、社員登用されたのはあの女。

原因は一つしか考えられない。

聖蘭はふと足を止める。ちょうどファミレスの横を通りすぎる。窓ガラスに映る自分の顔に、憎しみさえ覚える。

なんてブサイクな顔。

腫《は》れぼったい目、太い眉《まゆ》、鏡餅《かがみもち》みたいな鼻。下唇がぶ厚く、左下方に傾いている。老《ふ》けた印象を与えるほうれい線。しゃくれたアゴ。口におさまりきらない出っ歯《でっぱ》。鼻の下にある大きいホクロ。どのパーツも、なにかしらいびつだ。

努力しても、このブサイクな顔がすべてを帳消しにしてしまう。悪魔の呪《のろ》いにかけられたような、究極のブス。

三十年間、彼氏なし。

「死にたい……」聖蘭はつぶやいた。


聖蘭は居酒屋にいた。向かいの席にミミがいる。

高校からの親友だ。本名は岡島美々香《おかじまみみか》。

「そっか。じゃあ今、無職なんだ」とミミが言った。

「そう」

「なんでクビになっちゃったの？　やっぱりブスだから？」

「……………」

ミミは空気を読まない。遠慮も気配りもない。ブスにはブス、デブにはデブ、ハゲにはハゲとはっきり言う。生え際の不自然な見知らぬおじさんの頭部を指さして、「あんた、それカツラ?」と平気で言ったりする。

ミミと会ったのは半年ぶりだった。

ミミはミュージシャンだ。自分で作詞作曲して歌う。ヘビーメタル系で、毒のある歌詞と、がなりたてるシャウトが売りである。無意味な歌詞が多く、放送禁止用語を連呼するだけの歌もあり、聖蘭には理解不能だが、一部に熱狂的なファンがいる。ここ半年は海外ツアーに出ていた。

代表曲は「嗚呼《ああ》、殺したい男がいる」。自分を裏切った男への殺意が止まらず、夢の中でその男に手錠をかけて監禁し、いたぶって殺していく。気がつくと、それは夢ではなく現実だったという、常人には聞くにたえない曲だ。

ちなみに前科一犯。ライブ中に全裸になり、ライブハウスを飛び出した。すっぽんぽんで真夜中に路上ライブをはじめて、逮捕された。

「じゃあ、仕事探してんの?」

「うん」

「どんな仕事?」

「うーん」

理想は、人前に出なくていい仕事だ。この顔をさらさずにできる仕事がいい。

ミミみたいに才能があればいいのに、と思う。ミミは雑誌に連載コラムを持っていて、毒のある人生論を語っていたりする。歌詞は意味不明なのに、エッセイだとちゃんとした文章が書けるのだ。イラストもうまい。音楽であれ、文章であれ、絵であれ、芸術的才能に広く恵まれている。

しかも美人。ハーフのような顔立ちで、体も細い。パリコレに出ていても不思議ではないレベルだ。基本的に黒い服しか着ない。今は黒髪のストレートだが、一時期、坊主だったこともある。飽きやすく、つねに変化を求めている。

それに比べて、聖蘭には何の取り柄もない。ミミがうらやましい。

言葉を失い、ため息をついた。

ミミが、聖蘭の鼻の下のホクロを押して、

「ピンポーン、聞こえてますかー?」とふざけて言った。

「お願いだから、ホクロ押すのだけはやめて」

ミミにブスと言われても、べつに気にならない。裏表のない女なので、腹を立てても仕方ない。しかしホクロを押されるのだけはカチンとくる。

聖蘭はもう一度、ため息をついた。

「どんな仕事でもいいけど、やっぱり正社員がいいなあ」

なんでも平均以上にこなす自信はあるが、自分でなければできない仕事があるわけではない。

本音としては、一生独身の可能性が高い以上、やはり安定した正社員になりたい。まえの職場では、それを目標に頑張っていた。でも、もう三十歳。年齢的に厳しいし、この容姿が足を引っぱっている。よほど人手不足の業種でもないかぎり、こんな三十路《みそじ》のブスを採用する会社はないと思う。

ミミはビールを飲みほし、枝豆を食べている。

「あんたって特技もないし、言うことも普通なんだよね。顔だけが突出して普通じゃないんだよ。私は聖蘭の顔が好きだし、見慣れているけど、普通の人が見たら、ぎょっとするか、笑っちゃうよね。でもさ、それがあんたの個性なんだから、そのブスを生かした仕事がいいよ」

「ブスを生かした仕事って?」

「たとえば、おばけ屋敷《やしき》のおばけ。聖蘭がノーメイクで暗闇《くらやみ》に立っているだけで、客はぞっとするよ」

「やだよ、そんなの」

「じゃあ、キャバ嬢やったら?」

「なれるわけないじゃん、この顔で」

「聖蘭、世の中はあんたが思っているより広いんだよ。ブスばっかり集めたアイドルグループもあるし、ブスだけ集めたキャバクラもある。俗にブスドルとか、ブス嬢とか言われてる。ブスが好きで、応援したくなる男もいるんだ。あんたにその気があるなら、私が紹介してあげるけど」

「いい。やらない」

「じゃあ、動物園だな」

「動物園？　飼育員ってこと？」

「ちがう。あんたが檻《おり》に入って見世物になるの。絶滅危惧種《ぜつめつきぐしゅ》のブスとして売りだせば、みんな見に来るよ」

「もういいよ。あんたのアドバイスは」

「聖蘭。話は変わるけど、あいかわらず男いないの？」

「………」

「もう三十になるのに、バージンってどうなの？」

「うるさいな。大きなお世話」

「しょうがないな。私がAV男優を紹介してやろう。すごいよ、AV男優は。私も経験あるけど、マジでちがう世界って感じ。向こうはプロだから、ギャラさえ払えば、顔なんて気にしないし。これを機に性に目覚めろ。淫乱《いんらん》になれ」

「少し黙ってて」

ミミの男性遍歴はすごい。高校のときは、体育教師と付き合っていた。その後も、ボディビルダー、DJ、AV男優、テレビ局のプロデューサー、ラグビーの日本代表、暴力団員。性欲が強くて、男性ホルモンむんむんの汗臭い男が好き。草食系男子が好きな聖蘭からすると、苦手な男性群だ。

不思議な縁だ。性格は真逆なのに、ずっと関係が続いている。

出会ったのは高一。同じクラスだった。入学式に堂々と遅刻してきたミミ。教室に入るなり、聖蘭の顔を見て叫んだ。

「うおおおおお、すっげえブスがいる。宇宙人か。どこの星から来た？　さては地球を侵略しに来たな。ギャハハハハ」

第一印象は最悪だった。

悪夢の中学三年間が脳裏によみがえった。ブスをからかわれ、バカにされ、いじめられた。高校は、同じ中学出身者がいない、遠くの学校に進学した。それなのに、よりによってこんな女と同じクラスになるなんて。

でも結果的に、一番の親友になった。

長いスカート、髪はパーマ、真っ赤な口紅、ピアス、かかとを踏んだ上履き。不良かと思ったが、その高校は成績がよくないと入れないはずである。ミミは半端な不良娘ではなく、本物のヘビーメタルだった。

ミミは、聖蘭に興味津々で近づいてきた。ミミは蛇や昆虫が好きだ。珍種でグロテスクであるほど、大好き。人見知りの聖蘭が周囲に築いていた壁を、無神経なハンマーでぶち壊して接近してきた。

「今日から俺たち、親友な」

ミミは一方的に言って、肩を組んできた。

ミミは遠慮がない。口は悪いが、いったん友だちになると、分け隔てがない。陰湿なところがなく、人をブス呼ばわりしても、そこに見下す意図はない。おしゃべりなミミと、聞き上手の聖蘭は、すぐになかよくなった。

ミミと友だちになったことで、いじめられることはなくなった。他人が聖蘭をブス呼ばわりしようものなら、ミミはキレて殴りかかった。「私が聖蘭をブス呼ばわりするのはいいけど、知らねえ奴《やつ》にされるのはむかつくんだよ」というジャイアン的性格で、ミミに逆らえる人間はその高校にはいなかった。

高校三年間、ミミと一緒だった。

バイクで二人乗りして、横浜に遊びに行った。ミミが競馬で当てた百万円で、クルーザーに乗って豪遊した。大人に見えるように変装してクラブに行き、お酒を飲んだ。一人ではまずやらないことを、ミミに誘われてやった。

卒業後、聖蘭は大学に行き、ミミはミュージシャンになった。今も一番の親友であることに変わりはない。

聖蘭が高校のころを思い出していると、

「あの、お客さん」店員が声をかけてきた。「落書きはやめてくれませんか」

ミミがテーブルに油性マジックで絵を描いていた。

聖蘭の似顔絵だった。

ミミはイラストがうまい。聖蘭の顔の特徴が、ブサカワ風に描かれていて、腹が立つくらい似ている。

店員は困惑顔だった。しかしミミが描いた絵を見て、それが聖蘭の似顔絵だと気づき、あまりにも似ていておかしかったのか、「ぷっ」と吹き出して笑った。

聖蘭は、店員をにらみつけた。

「あ、いや、すみません。そういうつもりじゃ……、いや、申し訳ありません」

店員は恐縮して、平謝りした。

「ギャハハハハ」ミミは大声で笑った。

聖蘭は肩を落として、ハローワークを出た。

ため息が出る。

正社員求人に絞って探しているが、ハードルが高い。特筆すべきスキルがないうえに、この容姿と年齢。女性であることもハンデだ。

景気は回復してきているようで、求人数は少なくない。報道で言われているように、労働力不足なのだと思う。しかし先行きが不透明なため、いざというとき解雇しづらい正社員の募集は依然として厳しい。まずは契約社員で採用して、その働き次第で正社員登用もあり、という口が多い。

しかしそれで前回、失敗している。同じ轍《てつ》は踏みたくない。

普通に生きたい。それが聖蘭の願いだ。

恋愛、結婚、出産、育児……。女としての普通の幸せ。こんな顔で生まれたせいで、そんな平凡な幸福ですら現実味がない。

「死にたい……」ふと言葉がもれる。

どんな死に方だったら楽だろうか。首吊《くびつ》りは、意外ともがき苦しむ。飛び降り自殺なら一瞬だが、死体がむごたらしくなる。睡眠薬を飲んで、車内で練炭を燃やして自殺するのがもっとも苦しくないと、テレビで見たことがある……、などと、いつしか自殺の方法を考えていた。

ハンバーガーショップに入った。隅っこに座り、壁に顔を向けて食事をするのが癖になっている。この顔だ。通りすがりの無神経なおばさんに、じっと見られることがある。最悪なのは、思ったことをそのまま口にする子供。

できれば、この顔を取り替えたい。

不良品なので取り替えてくださいと、神様に訴えてやりたい。本気で整形も考えた。病気でもないのに、顔にメスを入れるのは嫌だが、これも病気みたいなものだ。ただ、この顔を治すとなると、プチ整形では追いつかない。大手術になるので、数百万はかかる。そんな金があるわけない。

昼食を終え、外に出た。ふいに声をかけられた。

「あれ。あの、外園さん？　外園聖蘭さんですよね」

スーツ姿の若い男が立っていた。背が低く、少年っぽい顔立ち。

「やっぱり聖蘭さんだ。お久しぶりです」

「えっと」記憶を探して、ふっと思い出した。「あ、もしかして伸弥《しんや》くん？」

「はい。曾根《そね》伸弥です。覚えていてくれましたか」

伸弥はにっこり笑った。

大学のゼミの一年後輩である。当時は太っていたが、やせていた。くしゃっとなる笑顔は当時のまま。卒業以来、会っていなかったが。

「伸弥くんか。変わったね。一瞬、誰か分からなかった」

「やせましたからね。昔はデブでしたから」

「デブってほどでもなかったけど」

実際はデブだったが、傷つけないようにそう言った。

「外園さんもずいぶん変わりましたね」

「えっ」

「なんていうか、きれいになられて」

「は？」

きれい？　人生で初めて言われた言葉だった。お世辞でも言われたことがない。聖蘭に対しては皮肉になるからだ。ただ、伸弥の言い方は社交辞令ではなく、自然に出た言葉という感じだった。

伸弥は笑った。「外園さん。今、時間ありますか？」

「ええ、まあ」

「よかったら、お茶でもしませんか？」

「えっ……。まあ、いいけど」

近くのカフェに入った。伸弥はコーヒーとホットドッグ、聖蘭はマンゴージュースを頼んだ。聖蘭が払おうとすると、伸弥は首を振って拒否した。

「おごります。僕が誘ったんですから」

伸弥はホットドッグを食べながら、あらためて聖蘭の顔をまじまじと見つめた。

「外園さん。お仕事中でしたか？」

「いや、今、就活中なの」

隠しても仕方ないので、自分の現状を話した。

「そうだったんですか。よけいなことを聞いて、すみません」

「伸弥くんはお仕事中？」

「はい。外回りの営業です。しがないサラリーマンなので」

伸弥は名刺を差し出した。見ると、大手保険会社の社員だった。

「外園さんに会うのって、ゼミの卒業生の送別会以来だから、もう七年ですね。早いっすね。大学出てから、あっという間で」

「そうだね」

「失礼ですけど、結婚とかされているんですか？」

「してない、してない。伸弥くんは？」

「僕も独身です。実は先日、彼女と別れたばかりなんです」

伸弥は笑いながら、頭をかいた。学生のころと印象は変わらない。当時はよくデブをいじられていて、それをうまく笑いで返していた。

ふいに沈黙になる。

聖蘭は男慣れしていないので、うまく話題を見つけられない。また、この顔を正面から見られるのは、かなりの心理的負担だった。

仲弥が言った。「ああ、そうだ。昔、ゼミにいた島田《しまだ》って覚えてますか？」

「ああ、仲弥くんと仲のよかった子ね」

「あいつ、今、洞窟探検家《どうくつたんけんか》をやっているんですよ」

「へえ。洞窟探検家って、どんなことするの？」

仲弥は大学時代の友だちの話をした。聖蘭は当時のゼミ生との交流はほぼないが、仲弥は今でも付き合いがあるようだ。

仲弥がホットドッグを食べ終えたところで、携帯が鳴った。

「ちょっと失礼」仲弥は電話に出た。「はい、曾根です。……今、昼飯食べてます。……そうですか。分かりました。すぐに戻ります」

電話の相手は上司らしい。仲弥は電話を切った。

「すみません。トラブル発生で、すぐに会社に戻らなきゃいけなくなりました」

「そう」

「なんか、俺がずっとしゃべってばかりですみません」

「いや、楽しかったよ。久しぶりに学生時代に戻った気がして」

「よかったら連絡先、交換してくれませんか？」

「えっ……。まあ、いいけど」

先ほどもらった名刺の裏に、仲弥は私用の携帯番号とメールアドレスを書いた。聖蘭もナプキンに書いて渡した。

「ありがとうございます。じゃあ、また連絡します」

仲弥はカフェを出ていった。

聖蘭はしばらく席に座っていた。急に心臓がドキドキしてきた。男と二人きりで話をしたのは、ほぼ初めてのこと。

仲弥の言葉が耳に残っていた。きれいになられて……。

「まさかね」聖蘭はつぶやいた。

カフェの窓ガラスに、自分の顔が映っている。見慣れたブスがそこにいる。

聖蘭は学生時代から外見的にはほとんど変わっていない。

仲弥はかなり変わっていた。やせたこと以上に、社会人としての自信にあふれていた。いつも人の輪の中にいるような、人好きな感じは変わらない。

カフェを出た。すると、さっそく携帯にメールが来た。さっきもらった仲弥のメールアドレスだった。

『久しぶりに会えて楽しかったです。よかったら今度、一緒に食事に行きませんか。OKなら返事をください』

「すみません。おごってもらっちゃって」

居酒屋の会計。伸弥が払おうとしたが、聖蘭のほうが一年先輩ということで、先に伝票を取った。

三回目のデートだった。飲みながら話すだけで、進展はないが。

話すのは主に伸弥だ。話題は、仕事の愚痴と大学時代の思い出。聖蘭にとっては地味な大学生活だったが、伸弥は当時のことを本当に楽しそうに話した。

居酒屋を出て、駅まで並んで歩いた。端《はた》から見れば、恋人同士に見えるだろう。そう思っただけで、心臓がドキドキしてくる。

「なんか、すみません。いつも俺一人がしゃべっちゃって。今度は聖蘭さんの話も聞かせてください」

「いいって。私の話なんてつまらないし。それに伸弥くんの話を聞いてると、私も楽しいし」

「俺、普段はそんなにおしゃべりじゃないんですよ。でも聖蘭さんには、なんでも話せちゃうんだよなあ」

伸弥は人懐こい笑顔を浮かべている。お酒も入って上機嫌だ。

二回目のデートから、「聖蘭さん」に呼び名が変わった。

同じ駅のホームに入った。伸弥は上りの電車、聖蘭は下りの電車に乗る。いつもこのホームで別れる。

下りの電車が来るというアナウンスが聞こえた。

「じゃあ、また連絡します。今度は俺がおごりますから」

「うん」

「今度、聖蘭さんのお母さんも紹介してください」

「えっ」

下りの電車が入ってきて、停《と》まった。扉が開いた。

「それじゃあ、おやすみなさい」と伸弥が言った。

「うん、またね」

聖蘭は電車に乗った。伸弥は笑顔で手を振っていた。

扉が閉まり、電車が動きだす。伸弥の姿が見えなくなってからも、心臓はドキドキしていた。

伸弥は、聖蘭に気があると考えていいのだろうか。それとも、愚痴や昔話を聞いてくれる親しい先輩にすぎないのか。現状、どっちとも取れる。恋愛経験がなさすぎて、どっちなのかを判断する基準が分からない。

母を紹介して、とはどういう意味だろう。伸弥は、聖蘭が母と二人で暮らしていることを知っている。付き合うまえに、母の承諾をもらうということ？　恋愛偏差値がゼロなので、どう受け止めていいか分からない。

そもそも、こんなブスを好きになる男がいるのだろうか。

聖蘭に一目惚れする男はいないと思う。だが、外見を重視しない男はいるだろうし、顔の好みもそれぞれだ。蓼食《たで》う虫も好き好き。ドリアンやパクチーが好きな人もいる。仲弥にとって、この顔は許容範囲内なのかもしれない。

自分で言うのもなんだが、性格はいいほうだと思う。苦労にも耐えられる。そういう聖蘭の長所を見てくれる男性もいるはず。

日に日に、仲弥の存在が大きくなっていく。

初恋かもしれない。かっこいいと思う男性はいたけど、どうせ無理だと恋愛感情を押し殺してきた。最近、やきもきして、夜も眠れない。

いっそ自分から告白しようか。いや、早まって動かないほうがいいとも思う。男に告白させるように導くのがいい女だというが、それは本当にいい女が言うことであって、聖蘭には当てはまらない。

どうしたらいいの?

あらためて恋愛経験がなさすぎることを痛感する。恋愛ドラマさえ見たことがない。美男美女のラブストーリーなんて、他人事《ひとごと》すぎて興味を持てなかった。今度、よく当たる占い師のところへ恋愛相談に行こうか。

悩ましいことがもう一つ。正社員募集に絞って面接を受けているが、十連敗中だった。

会社が求めているのは、三十代なら即戦力である。しかし聖蘭は契約社員歴が長い。容姿のハンデ以上に、会社に売り込めるスキルがない。

電車を下りて、自宅に帰った。

玄関を開けて「ただいまー」と言うと、「おかえり」と母ではない声が返ってきた。

居間に行くと、ミミがあぐらをかいて座っていた。

「ミミ。来てたの?」

「久しぶりに日本に帰ってきたからさ。おばさんの手料理、食べたくなってね」

ミミは夕飯を食べ終わり、爪楊枝《つまようじ》をくわえていた。母は台所で皿を洗っていた。

「これ。このあいだ、渡しそびれたお土産」

フランス産の高級ワインがテーブルの上に載っていた。

ミミは高校のころ、よく家出して、聖蘭の家に泊まりに来ていた。自分の両親とは不仲で、むしろ聖蘭の母を本当の母のように慕っている。

ミミは遠慮がない。「おばさん、腹減った。なんか作って」とか、「おばさん、今日泊まるから、布団出して」とか、母を小間使《こまづか》いのように使う。気弱な母は、ミミにそう言われると、たいてい言われた通りにしてしまう。

母が皿を洗い終えて、居間に戻ってきた。

「おかえり」と母は言った。

母は料理が上手だ。弁当屋の厨房《ちゅうぼう》で働いている。六十二歳。性格は大人しい。聖蘭が幼いころに離婚し、女手一つで娘を育てた。顔は聖蘭に似ている。ＤＮＡ鑑定をしなくても、親子だと分かるくらいに。ただ、聖蘭に比べると普通のブスで、無難にまとまっている。

ミミが聖蘭の顔を見つめてくる。

「あれ、聖蘭。化粧してんの？」

今日は伸弥に会うので、少し厚めにメイクしていた。化粧品自体も高価なものに替えている。ミミは、そういう微妙な変化に敏感に気づく。

「ブスが化粧して、どうすんだよ」

「うるさいな。メシ食ったなら、もう帰れよ」

「なに怒ってんだよ。ブスがブスッとした顔してたら、もっとブスになっちゃうぞ」

「帰れ」

「あれ、あんた。……もしかして、恋してる？」

ぎくっとした。さすがはミミ。鋭い。だが、今の段階でミミには知られたくない。絶対に首を突っ込んでくる。しっちゃかめっちゃかにされかねない。

「してないよ」とごまかした。

「でも、なにその化粧。厚く塗ればいいってもんじゃないよ。私がやってやるよ」

「えっ」

「私がきれいにしてあげる。いったんメイク落としてきな」

ミミはヴィトンのバッグを開けて、メイクポーチを取りだした。

ミミはステージに上がる仕事なので、化粧道具をいつも持ち歩いている。基本的にメイクは自分でするらしい。

化粧の下手さは自覚していた。伸弥のことを考えると、せめてましな顔になりたいと思っている。こんな私でも、化粧次第できれいになれるのだろうか。なれるものなら、なりたい。伸弥に、きれいだね、と言われたい。

洗面所に行って、顔を洗って戻った。ミミの前に正座する。前髪をヘアピンで留め、ファンデーションを塗るところからはじめる。

「目をつぶって」

ミミは真剣だった。手慣れた手つきで化粧をはじめる。迷いなく、すらすらっと描いていく。聖蘭は正座したまま、動かずにいた。

完成までに三十分かかった。最後に口紅を塗った。

「よし、完成。聖蘭、目を開けて」

ミミはスマホを取りだし、カメラモードにして聖蘭に向けた。シャッターを切る。その写真を見せてきた。

「あっ」

スマホの画面に映っている聖蘭の顔は、バカ殿だった。真っ白な白粉《おしろい》に、分厚い眉毛、おちょぼ口の口紅。目が異様にぱっちりしている。聖蘭のブスがいっそう際立って、滑稽《こっけい》な仕上がりになっていた。

「ギャハハハハハハ」

ミミが腹を抱え、足をばたばたさせて爆笑している。

こいつを信じた私がバカだった。

「帰れー！」聖蘭は叫んだ。「帰れ、帰れ、帰れ、帰れ！」

ミミの首根っこをつかみ、玄関まで引っぱっていった。

「痛い痛い、そんなに怒るなって」

ミミは抵抗するが、かまわず乱暴に扱った。ミミは体が細いので、腕力では聖蘭にかなわない。尻《しり》を蹴《け》り飛《と》ばして、玄関の外に放りだした。それからミミの荷物をヴィトンのバッグに詰めて、玄関に戻って投げつけた。

「二度と来るな！」

玄関のドアを閉めて、鍵《かぎ》をかけた。

久しぶりに本気で頭にきた。伸弥への想《おも》いを整理できず、悶々《もんもん》としていたところを逆《さか》なでされた気分だった。

洗面所に行って、顔を洗った。しかし眉毛は、油性マジックで描いたらしい。

「あいつめ。油性で描きやがった。最悪だ」

お湯を使って、丹念に洗い落とすしかない。

「ああ、もうっ」いらいらが募る。

母が、いつのまにか後ろに立っていた。

「聖蘭。いいの？　ミミちゃんをあんなふうに追い返しちゃって」

「いいの、いいの。どうせ明日になったら、ケロッと忘れてるんだから」

母は不安げな顔をしていた。喧嘩《けんか》別《わか》れにならないかを心配しているようだ。

母は弱々しく言った。「お仕事はどうだった？」

「んー、ぜんぜんだね。アラサー女には、なかなか厳しい」

伸弥のことは母には話していない。今日はハローワークに行くといって家を出た。

「あの、お母さん」

「ん？」

「……いや、なんでもない」

伸弥のことを話そうかと思ったが、やめた。母に紹介してと言っていたので、家に招待してもいいけど、もう少し関係が進展してからにしようと思った。

お湯でこすって、油性マジックを消した。あらためて、すっぴんの顔を鏡で見る。

ひどいブス。

この顔で伸弥に会うのがつらい。付き合うことができたとしても、伸弥が友人に恋人を紹介するたびに、笑いものになるのではないか。「伸弥の彼女、超ブス（笑）」という写真つきのメールが仲間うちで出回ることになるのではないか。そのうち伸弥も嫌な気持ちになって、心が離れていってしまうのではないか。まだ付き合ってもいないのに、そんな先のことまで心配になってくる。

恋をしたからか。この顔がなおさらつらい。

なぜこんな顔で生まれてきたのだろう。美女じゃなくてもいい。せめてもう少しましな顔で生まれたかった。何も悪いことをしていないのに、なぜこんな残酷な仕打ちを受けなければならないのだろう。

「死にたい……」

思わずつぶやいたあと、ふと涙がこぼれていた。

ミミを追い返したあと、聖蘭はシャワーを浴びた。

パジャマに着替えて脱衣所から出ると、母の弟の正和《まさかず》が来ていた。手土産のクッキーの箱が、テーブルに載っている。

「あ、おじさん」

「おう、聖蘭」

子供のころからよく知っている叔父だ。一時期、母が失職していたときは、生活費を援助してもらっていた。

製麺所《せいめんじょ》を経営しているが、収入は不安定である。一昔前は羽振りがよく、聖蘭にも万札のこづかいをくれたが、ここ十年ほどは経営が傾いている。子供が二人いるが、妻と別れて一人暮らし。つまり姉弟そろって離婚している。気弱な姉を心配して、気が向くとふらっと様子を見にくる。

正和は普通の顔だ。外園家のブス遺伝子は、女系だけに受け継がれるようだ。

「聖蘭、ちょっとこれを見てくれ」

正和は、お見合い写真を取りだした。三枚ある。

「もうお見合いはいいって」

「そう言わずに、見るだけは見てくれよ」

正和のことは嫌いではないが、デリカシーに欠け、お節介なところがある。聖蘭は嫌な顔をしつつ、いちおう写真とプロフィールだけは見てみた。

①四十五歳未婚。タクシー運転手。年収二百八十万。趣味・アニメ。ハゲ、デブ。

②三十九歳未婚。リサイクルセンター勤務。年収三百万。趣味・鉄道。ハゲ。

③五十五歳バツイチ。たこ焼き屋経営。年収三百五十万。カツラ、糖尿病。

全員ハゲ。そろって醜男《ぶおとこ》である。

正和のことだ。男には先に聖蘭の写真を見せているはずだ。それでも、お見合いしたいと返答したのがこの三人だったと考えていい。

実は以前、正和の勧めで、お見合いをしたことがある。そのときは正和が聖蘭の写真を大幅に加工修正して、相手に渡していた。相手からしたら、会ってびっくりである。写真とまるで別物であることに激怒し、「ふざけるな、旅費を返せ」と怒鳴りまくった（鹿児《かご》島《しま》から東京まで飛行機で来ていた）。

正和は同じあやまちをくりかえさないように、事前に無修正の写真を渡し、この顔でもいいという人とだけ話を進める。聖蘭ほどのブスでもいいという男だから、よほど女と縁遠いか、あるいは男のほうも容姿にかなり引け目があると考えられる。実際、三人ともブサイクで、不潔感が全身に漂っている。

聖蘭は写真を閉じた。「やっぱりお見合いはいい」

「なあ、聖蘭。こんな写真だけで選《え》り好《ごの》みしないで、会うだけは会ってみないか。会ってみたら、印象も変わるかもしれないし」

「いいって」

「おまえ、失業中なんだろ。こんなご時世じゃ、なかなか仕事も見つからないだろ。ちゃんと定職に就《つ》いている男と結婚すれば、生活も安定するし、子供だって欲しいだろ。いつまでも産めるわけじゃないんだぞ」

「子供なんていらない」

「聖蘭。おまえにはもう選択の余地はないんだ。年を取れば取るほど、いよいよ貰《もら》い手《て》がなくなるぞ。三十過ぎたら、あっという間に四十だ。姉さんや俺だって、いつまでも生きているわけじゃないんだ。おまえ、親がいなくなって、寂しい中年の独身女になって、どうやって生きていくんだよ」

「私のことは放っておいてよ」

「それともなにか、意中の人でもいるのか？」

仲弥の顔が浮かんだ。でも、まだ言える段階ではない。

「いや、いないけど」

「おまえのこともそうだけど、姉さんのことも心配なんだよ。おまえが嫁に行かずにいたら、姉さんだって安心できないだろ。おまえがバリバリのキャリアウーマンで、ミミちゃんみたいにドライな生き方を自分で選択しているなら、俺も何も言わん。でも、おまえは惰性で生きているだけだろ。この三人の身元は俺が確認した。収入もあるし、賭《か》けごとやキャバクラ遊びに熱をあげる人でもない。そこまで調べたうえで、紹介しているんだ。どうだ、少し前向きに考えてくれないか」

「いいって。私は一生、独身で」

母は部屋の隅で、居心地わるそうに座っていた。

正和がヒートアップしてくる。

「俺はおまえの幸せを思って言っているんだぞ」

「うるさいな。おじさんにとやかく言われたくない」

「いいや、今日という今日は言わせてもらう。今までおまえに気を使って遠慮してきたけど、もう三十だからな。自覚がないかもしれないが、おまえは崖《がけ》っぷちなんだ。結婚もせず、仕事も充実していない。貯金もろくにない。今のまま、四十、五十になってみろ。ちゃんと想像するんだ。聖蘭、いいのか。いよいよ選択の余地はないぞ。おまえみたいなブスをもらってくれる男なんか、この世に……、あっ」

正和は興奮しすぎて、「ブス」というタブーワードを言ってしまった。正和はしどろもどろになった。

「あ、いや、すまない。聖蘭。そういうつもりじゃ——」

「あー、うるさい、うるさい。どいつもこいつも。おじさんなんかに私の気持ちが分かるもんか。帰れー!」

正和が持ってきたクッキーの箱を取り、思いきり投げつけた。

しばらく現状維持が続いた。

就職面接は、二十連敗。いらいらが募る。

伸弥からも連絡がなかった。こちらからメールしようかと思うが、勇気が出ない。恋愛に関する知識がないので、どうしたらいいのか分からない。相談するとしたらミミだが、ミミは恋愛経験豊富とはいえ、感性が特殊すぎる。「好きな人がいる」などと言ったら、とにかく行動力のある女なので、「今から告白しに行こうぜ」と言いだしかねない。そして絶対、めちゃくちゃにされる。

そういえば、あれ以来、ミミから連絡がない。

ハローワークで求人を探したあと、気晴らしに一人でカラオケボックスに行った。二時間歌って、家に帰った。

家の玄関を開けると、おいしそうな匂《にお》いが漂ってくる。居間に入ると、テーブルに豪華な料理が並んでいた。

「ただいま、お母さん」

「おかえり」と母は言った。

「どうしたの、こんなにごちそう。クリスマスでもないのに」

「べつにいいでしょ。たまには奮発したって」

最近、聖蘭が落ち込んでいたので、母なりに元気づけようとしているのだろう。母の優しさに、目頭が熱くなった。仕事が決まらない苛立《いらだ》ち、伸弥への想いも相まって、張りつめていた緊張の糸がふいに切れた。

涙がこぼれていた。

「聖蘭、どうしたの？」

「ううん、なんでもない」聖蘭は涙をぬぐった。「じゃあ、食べよう。私、すっごくお腹《なか》、減ってたの」

聖蘭の大好物ばかり。炊き込みごはん、ローストビーフ、エビフライ、刺身。食後にティラミスまである。すべて母の手作りだ。

この優しい母を、昔は恨んでいた。

聖蘭はこの顔のせいで、子供のころからいじめられていた。私をこんな顔で産んだ母のせいだと恨んでいた。

人生で二度、母を傷つける言葉を口にした。

一度目は小学生のとき。クラスのみんなに笑われるから、授業参観に来ないでと母に言った。「ブスの子はブス」とからかわれるのが嫌だった。母は何も言わず、ただ仕事の都合で行けないとだけ担任に伝えた。

二度目は中二のとき。そのクラスは荒れていて、聖蘭にとっては地獄だった。毎日、ブスをいじられる。心の限界に達して、聖蘭はもう学校に行かないと母に訴えた。それでも学校に行かせようとする母に、聖蘭は怒鳴った。

「なんで私を産んだのよ。私、生まれてきたくなかった。こんな顔で生まれたから、人生めちゃくちゃだ。お母さんのせいだ」

母は怒りもせず、ただ顔をうつむかせていた。

母は大人しい。怒ることもないが、笑うことも少ない。いつも感情を抑えている。聖蘭同様に、ブスの呪いにかかった人生。長いあいだ、苦しんできた。正和の話では、母も学生時代にいじめられていたという。

でも、心の温かい母だ。いつも聖蘭のことを第一に考えている。

まずワインを開けた。ミミがお土産でくれた高級ワインだ。グラスに注いで、母と乾杯した。母もお酒は嫌いじゃない。

「よし、食べよう。でも、こんなにたくさんは食べきれないな」

テーブルの上の料理は、どう見ても五人前はある。

「そうだ。ミミも呼ぼう」

携帯を手に取り、ミミにメールを入れようとした。

母が言った。「ミミちゃんは今、沖縄《おきなわ》よ。ライブがあるって言ってた」

「あ、そうなんだ。だから最近、連絡なかったんだ。じゃあ、しょうがない」

携帯を置いて、箸《はし》を取った。

「もう太ってもいいや。全部食ってやる」

やけくそになって食べた。ワインも飲んだ。母は小食だが、聖蘭は食べるのが好きだ。おまけに太りやすい。ブスのうえにデブだと最悪なので、カロリーには気をつけている。でも、今このときはそれも忘れた。就活も伸弥のことも頭から外して、食欲を解放した。目の前の料理に集中する。

胃袋限界まで食べた。別腹でティラミスも山盛り食べた。ワインは母と二人で飲みほした。それでも料理は半分以上残った。

満腹になったら、一気に疲れが出た。生あくびが出る。

「あー、急に眠たくなってきたな」

やはり疲れているのだ。悩みが多くて、最近あまり眠れない。

「今日はシャワーだけ浴びて、はやく寝よう」

母は台所で皿を洗っていた。

「お母さん、先にお風呂《ふろ》に入るね」

「はい」と母は言った。

シャワーを浴びて、髪を洗って風呂からあがった。風呂から出ると、そこに新しい寝巻きが用意されていた。

ゆったりサイズの、ワンピースのネグリジェだ。聖蘭の好きなピンクで、さらさらしている。夏でも寝苦しくならない。

体にバスタオルを巻いて、脱衣所を出た。

「なにこれ、お母さん、買ってくれたの？」

「うん。あなたのパジャマ、古くなっていたから」

いま着ているパジャマは、学生のころに買った千九百八十円の安物だ。襟首がよれよれだし、汗染みで黄ばみが落ちない。買いかえようと思っていたが、失業中で節約のため、先のばしにしていた。

さっそく着てみる。セレブが着るようなネグリジェで、すごく肌触りがいい。だが高級すぎて、なんだか気恥ずかしい。

「でもこれ、高いんじゃない？　いくらしたの？」

「いいのよ、お金は」

母なりに聖蘭を元気づけようとしているのだろう。最近、ずっと暗い顔をしていたかもしれないと反省した。母に気を使わせすぎている。

「お母さん、いつもありがとね」

「……うん」

「じゃあ私、もう寝るわ。おやすみ」

「うん、おやすみ」

眠るまえに歯だけ磨いた。自分の部屋に入り、ベッドに横になる。携帯を確認した。伸弥からのメールはない。

　やはり伸弥にとって気の合う先輩にすぎないのだろうか。聖蘭のことが好きだったら、もっとメールしてくると思う。いや、それは分からない。その人によるのかも。恋愛経験がないので、一般的にどうなのかが分からない。

　就活も手応えがない。求人は少なくないのに、会社が求めている人材とはちがうということらしい。ハードルを下げて、契約社員で妥協するか。でも不安定な待遇はつらい。契約が切れるたびに、就活するのも大変だ。

「そうだ。履歴書を書いておかないと」

　明日、持っていく予定の履歴書を書いていなかった。ベッドから起きだして、机の前に座った。引き出しを開けて、履歴書を取りだした。

　ふと、違和感に気づいた。

　まえに引き出しを開けたとき、余った履歴書を一番上に置いたはずだ。なのに、一番上は別のノートになっている。履歴書はその下にある。

　誰かが開けた？

　引き出しには印鑑と通帳も入っている。盗まれたのかと思い、確認したら、両方ともあった。通帳といっても八十万しか入っていないが。

「あれ、勘違いか……」

最近、ぼんやりしている。すべてが宙ぶらりんだからかもしれない。

履歴書を書こうとしたが、眠気が強くてやめた。明日の朝に書けばいい。引き出しを閉じて、ベッドに横になった。

ああ、生まれ変わりたいなあ。

ふいに思う。聖蘭の願いはただ一つ。普通に生きたい。

平凡でいい。彼氏ができて、愛を育んで、結婚して、子供ができて、子供の成長にともなって老いていって、やがて死をむかえる。それ以上のものは望まない。それなのに、そんなごくありふれた人生が、この顔で生まれた聖蘭にはひどく遠い。この顔が、人生の決定的な阻害要因になっている。

誰からも好きになってもらえないこの顔。

初対面の人に会うのが、普通の人の何百倍も緊張する。この顔を初めて見たときの相手の反応が怖い。ぎょっとされるか、笑われるか。顔のコンプレックスを気にすることなく接することができるのは、母とミミと正和だけだ。

いっそ死んでしまえたら、楽なのに。

聖蘭は目を閉じた。そのまま静かに眠りについた。

——聖蘭は砂漠《さばく》を歩いている。

暑い……。汗がしたたり落ちる。喉《のど》が渇く。だけど腰にぶら下げている水筒にはもう一滴も水が残っていない。

肩で息をしながら、一歩ずつ歩いていく。

砂が柔らかく、一歩ごとに足が砂に埋まる。うまく前に進まない。

思えば、聖蘭の人生はずっとそうだった。一歩一歩の負荷が、人より重い。人生が軽やかに進んでいかない。足に重い枷《かせ》をはめられているだけでなく、向かうべきゴールがどっちの方角なのかも分からない。

私はどこに向かっているの？

遠くで蜃気楼《しんきろう》が揺れている。すべてがかすんで見える。分かるのは、肌を焼くような灼熱《しゃくねつ》の太陽と、喉の渇き。

暑い……。血が煮えたぎって蒸発してしまうくらいに。


目が覚めた。砂漠を歩いていたのは夢だと気づいた。

ここは自分の部屋だ。

真っ暗。まだ夜中。何時？　部屋の時計に目をやるが、なぜか視界がぼやけていて、よく見えない。

意識が朦朧《もうろう》としている。頭痛がひどい。トンカチで叩《たた》かれているような痛みだ。汗びっしょりで、体内に熱がこもっている。喉がからから。

起きようとしたら、めまいがして、ぐらついた。そのまま床に倒れ込んだ。三半規管が揺れている。体がおかしい。頭はふらふらで、視界がぐでんぐでんに揺れている。お酒に酔っているのとはちがう。

耳鳴りもひどい。キーンと鳴りっぱなしだ。

立つことができない。助けを呼ぼうにも、声が出ない。

自分の身に何が起きているのか分からなかった。水が飲みたい。水、水……、それしか考えられない。

床を這《は》って進んだ。ドアにしがみつき、どうにか開いた。

そのまま床を這って、台所をめざした。

居間に明かりがついていた。その光が目に入り、眼球に痛みを感じた。

めまいがひどい。視界が揺れていて、像を結ばない。床を這って進み、居間を横切ったとき、何かがぶつかった。

顔を上げ、手探りでそれを確認する。

顔を近づけて見ると、それは母だった。母が居間に倒れている。

「お母さん……、なんで、こんなところで……、寝てるの？」

声がかすれた。目を細めて母を見ると、服の前面が真っ赤に染まっていた。血だ。

「お母さん……、どうしたの？　刺されたの？」

さすっても、母は身動きしない。返事もない。

なにがなんだか分からない。

めまいが続いていて、視界が揺れている。荒れる船の揺れどころじゃない。無重力空間をぐるぐる回転している感じだ。

母は生きているのか、死んでいるのか。どこを刺されて、どれだけの深手なのか。真っ赤に染まっている部分の面積を考えると、かなりの出血量だ。

とにかく水を飲みたい。いや、救急車を呼ばないと……。電話……、水……。頭がくらくらして、思考がちぎれる。

「おえっ」

床に嘔吐《おうと》した。胃液ごと、夕飯に食べたものがすべて吐きだされた。聖蘭はそのまま突っ伏した。体に力が入らない。

近くに母が倒れている。でも、もう声が出ない。舌がしびれている。

救急車……、電話……、意識が薄れていく。

なにこれ、どうなってるの？

……私、死ぬの？　……やだ、……お母さん、……お母さん。

聖蘭は目を閉じ、首を垂れた――

――ふいに意識が戻る。

聖蘭は天井から居間を見下ろしていた。母と聖蘭自身が重なるように倒れている。自分の目で直接、自分を見るのは初めてだった。

あれ、これって幽体離脱？

母は血まみれだ。腹部を中心に、服が真っ赤に染まっている。母の近くに、ナイフが落ちていた。うちで使っている果物ナイフだ。

床には聖蘭が吐いた嘔吐物。

十秒ほどだった。テレビが消えるように、ぷつんと意識が切れた――

2

目を開けると、聖蘭は硬い椅子《いす》に座らされている。

椅子の背もたれに沿って、背筋をぴんと張り、両足をそろえている。まるで宝塚《たからづか》みたいな座り方だなと思った。

真っ白い部屋だ。壁紙を張り替えたばかりのような、シミ一つない白。温度、湿度ともに快適で、滝のそばにいるような清涼感がある。

空気が動いていない。すべてが止まっている。

この感覚はなんだろう。エレベーターに乗っているときに身体がふっと浮くような、独特の浮遊感がある。

ふいに気づいた。体が動かない。動くのは首から上だけ。眼球やまぶたは動く。首も正面から百二十度の角度は動くが、後ろは振り向けない。

「あ、あ」

声は出る。もちろん脳も働いている。脳の命令に体が反応しないだけだ。

ここはどこ？　祈禱《きとう》でもするような宗教施設だろうか。

目の前に少女がいる。

背を向けているので、顔は見えない。年は十代後半か。ショートカットの黒髪は、光って見えるくらい艶《つや》やかで、うなじから肩に伸びる流線型が美しい。CA《キャビン・アテンダント》などの堅い職業に就いている女性に見られる、きりっとした姿勢のよさがある。

デスクに向かって何かを書き込んでいた。やがて少女はペンを置き、紙にスタンプを押して、「済」と書かれたファイルボックスに放った。

「ふわあ」とあくびして、「眠っ」とつぶやいた。

少女は回転椅子を回して、振り向く。聖蘭の顔を見て、一気に眠気が吹き飛んだみたいに、目をぱっちり開けた。

「うわっ、すげえブス！」

にやっと嫌な笑い方をした。ミミと初めて会った日のことを思い出した。初対面でいきなりブス呼ばわりされたのは、ミミ以来だ。

「いや、失礼」少女は表情を戻した。

神秘的な美少女だった。ダイヤのような輝きの瞳、凜《りん》と伸びた鼻、果実のように弾《はじ》ける唇。太めの眉が、自我の強さを感じさせる。完璧《かんぺき》な左右対称。顔の造形だけでなく、そこから伝わってくる美女オーラがすごい。

顔は似てないが、人種的にはミミに近い。血の濃さとか、毒針のある感性とか。人間臭さがなく、後光がさしている。全身から静電気を発しているかのようで、向かい合っているとピリピリしてくる。

オフショルのワンピース。腰のリボンベルトでウエストがきゅっと引き締まっている。肩の出し方が蠱惑《こわくてき》的で、指の先まで美しい。ミニスカートから伸びた細長い足の先に、シルバーのスニーカー。ただ、左耳に揺れているクマのイヤリングだけが浮いていて、子供っぽい茶目っけを感じる。

なにより目につくのは、背中にはおっている真っ赤なマントだった。少女には大きすぎるし、その生々しい赤色が否応《いやおう》なく血を連想させる。見ているだけで、血と鉄の匂いがしてくるほどだ。ファッション的にも意味不明。

少女は言った。「閻魔堂《えんまどう》へようこそ。外園聖蘭さんですね」

「はい」

少女はタブレット型パソコンを手にしている。

「あなたは父・貝塚充保《かいづかみつやす》、母・外園聖子《せいこ》のもとに生まれた。幼いころに両親が離婚し、母に女手一つで育てられる。まじめで、言われたことはちゃんとやる性格。しかし、とにかくブス。すべての長所をぶち壊しにするほどの強烈ブス。あなた自身もコンプレックスとして強く意識していて、引け目を感じて自己アピールできない。人前に出ることに恐怖を感じるため、万事控えめに生きている。能力は高いのに、それを社会的な場面で発揮できないという致命的な欠点を持つ」

「まあ、そうですね」

「特筆すべきことのない人生ですね。積極的に行動することを怖《おそ》れているので、運勢も動きません。何もしなければ、何も起きないのが人生ですから。恋愛経験はゼロ。自分からは告白できず、出会いを求めて動くこともなく、告白されたこともない。大学卒業後は契約社員に落ち着く。ブスのハンデと、自分から企画を提案したり、売り込んだりできない消極的性格ゆえに、仕事面での評価は低い」

「はい」

「性格は優しい。ミミにブスいじりされても、怒ることなく、むしろそれがミミの裏表のない個性だと考えて、寛容に受け入れてあげる。腹を立てても一時的。恨んで悪口を言ったり、根にもって仕返ししたりはしない性格です」

「まあ、そうかな。ところで、あなたは誰？」

「私は沙羅《さら》です。さんずいに少ない、羅生門の羅」

「沙羅さんね。で、ここはどこ？　私はなんでここにいるの？」

「ここは閻魔堂、いわば閻魔大王のオフィスです」

「エンマ？　あの有名な閻魔大王のこと？」

「そうです。私は閻魔大王の娘の沙羅です」

「ん、なにこれ？　悪い夢でも見てるの？」

「悪い夢ではありません。閻魔大王は、人間の空想上のものではなく、実際に存在するもう一つの現実なのです。人間は死によって――」

沙羅の解説が続いた。

人間は死によって肉体と魂が分離され、魂のみ、ここ霊界にやってくる。ここは閻魔堂といって、霊界の入り口にあたる場所で、ここで生前の行いを審査され、天国行きか地獄行きかに振り分けられる。

本来なら、ここには沙羅の父、閻魔大王がいる。しかし今日は散髪に行っているため、沙羅が代理を務めているという。

「ええと、ということは、私は死んだの？」

「そういうことです。理解が早くて助かります」

「で、今から審判を下されるということね」

「はい」

沙羅が手にしているタブレットは、電子版閻魔帳なのだろう。そこに聖蘭の生前の行いが克明に記されていると考えていい。

しかし、なぜ死んだのかが思い出せない。目が覚めたら、ここにいた。最後に目を閉じたときの記憶もない。

「でも、私はなんで死んだの？」

「あなたの死因は……、ええと、教えられません。霊界のルールで、当人が生前知らなかったことは教えてはいけない決まりなんです。あなたは自分の死因を知らずに死んだので、知らないままでいてもらいます」

「そんな」

「死んだ場所は自宅の居間です。母と重なるようにして」

「……居間？　お母さんと……、あっ」

ふいに思い出した。

夜に砂漠の夢を見ていた。目が覚めると、汗びっしょりで、体が異様に熱かった。頭痛がひどく、意識が朦朧としていて、立つこともできなかった。床を這って、部屋を出た。居間に行くと、母が血まみれで倒れていた。

あとはさっぱり分からない。力尽き、そのまま死んだということか。

いや、死の間際、幽体離脱した。

気づくと、天井から居間を見下ろしていた。母と重なるようにして、聖蘭自身が倒れていて、床に果物ナイフが落ちていた。

聖蘭は放心していた。

最後に見た光景を思い出す。天井から居間を見下ろしていた、あの状況。

「それじゃあ、あれは私が死んで、幽体離脱したってこと？」

「ああ、たまにありますね。死んで、肉体から魂が抜けた瞬間、通常は意識がオフになるんですけど、人によってはしばらくオンになっていて、上から自分の死体を見ているという状況ですね。でも、その時点で心臓は止まっています。ごくまれに、生に執着の強い人は、自力で肉体に戻って生き返ることもあります」

沙羅は、啞然《あぜん》とする聖蘭を無視して言った。

「さて、どうするかな。あなたの人生は、特筆すべきことがないかわりに、特に悪いこともない。全体としては、空前絶後のブスのせいでもたらされた艱難辛苦《かんなんしんく》に耐え、そのわりに人を恨むこともなく、不条理を嘆くこともなく、健気《けなげ》に生きてきたとは言えるかな。天国行きでいいね」

「ねえ、お母さんはどうなったの？」

「先ほども言った通り、あなたが生前知らなかったことは教えられません」

「私はなんで死んだの？　頭ふらふらで、立つこともできなかったけど」

「教えられません」

「お母さんはナイフで刺されてた。誰が刺したの？　強盗？」

「教えられません」

「なんで私たちがそんな目にあわなきゃならないのよ」

「知りませんよ。それは閻魔ではなく、神の領域です。まあ、何かのめぐり合わせじゃないですかね」

「そんな」

「なぜ人間に不条理な仕打ちをするのかは、神様に聞いてください。まあ、たいした理由はないと思いますよ。神様は気まぐれで、人間がなぜ崇拝するのか分からないくらい、冷酷無比なサディストですから」

　沙羅は足を組み、ぷいと顔をそむけた。

「では、天国行きなので、そちらのドアへどうぞ。そこのドアを開けると、天国に続く階段があるので、昇っていってください」

いつのまにか、部屋の壁にドアができていた。そして先ほどまでぴくりともしなかった足が動く。でも、

「沙羅さん。お母さんがどうなったかだけ教えて」

「無理です。どうぞ天国へ」

「お母さんが生きているかどうかだけでも」

「どうぞ天国へ」

「教えてくれないなら、私はここを動きません」

「お願いしますよ、聖蘭さん。いくら閻魔大王の娘でも、霊界のルールに逆らうことはできないんです」

「嫌です。ここを動きません」

「あーあ、また居座っちゃった。最近多いなあ、このパターン」

沙羅は、髪をくしゃくしゃっとかいた。

「地獄行きなら、床がパカッと開いて落ちるだけだけど、天国行きの場合は、自分の足で階段を昇っていってくれないといけないんですよ。あなたがそこに居座っちゃうと、次の死者を迎えられないので、私の仕事が進まないじゃないですか」

「お母さんはどうなったの？　生きてるの？　死んでるの？」

「教えられません」

「じゃあ、私もここを動かない」

自分のことはいい。母さえ助かっていてくれたら。いや、ダメだ。母だけ助かっても、聖蘭が死んだら、母は一人ぼっち。母が死んでも嫌だけど、母だけ生き残ってもダメ。死ぬにしても、生き残るにしても、一緒でなければ嫌だ。

「お母さんがどうなったかだけでいいの。お母さんが死んでいて、先に天国に行っているなら、私も行きます。だから、それだけ教えて」

「無理です」

「だったら、私を生き返らせて」

「は？　急に何を言っているんですか」

「お母さんを残して、私一人だけ死ねない。それに私、人生でまだ何もやっていない。私の人生、楽しいことなんて一つもなかった」

「三十にもなって、何を言っているんですか。時間はあったのに、ブスだからって傷つくことを怖れて、人生から逃げてきたのはあなたでしょ」

「そうだけど。でも、こんなに早く死ぬとは思わなかったから。もうすぐ死ぬと分かっていたら、ダメ元でも伸弥くんに告白していたし」

「そういうのを後悔先に立たずって言うんですよ。生き返ったら頑張るなんて言っておいて、どうせ現世に戻ったら、ブスで笑われるのが怖くて、何もしないだけなんだから。第一、そんな顔で生き返ったって、つらいだけでしょ。彼氏なんてできないし、仕事も見つからないし、そのうちお母さんは死んで、一人ぼっちの寂しい中年女になるんです。そのブスな顔に、シミと皺《しわ》が加わって、皮膚は垂れ落ち、歯も抜けて、毛も抜けて、見るにたえない醜悪なババアになるだけ。金もない、男もいない、しゃべる相手もいない老婆が、病気をいくつも抱えて、最後は頭もぼけちゃって、腐臭ただようボロアパートで生ゴミに埋もれて孤独死して、蛆《うじ》だらけの死体で発見されるだけです。そんな末路、嫌でしょ。さあ、天国へ行きましょう」

「………」

「それに、いつも『死にたい』とつぶやいていたじゃないですか。望み通りに死ねたんですよ。もうブスの呪いに苦しまなくていいんです。それに死ぬといっても、無になるわけじゃありません。輪廻転生《りんねてんせい》といって、また生まれ変わります。来世はもっとましな顔になることを期待しましょう。どうぞ、天国へ」

ぐうの音も出ない。

いつも死にたいと思っていた。腹の底から笑えたのは、物心がつくまえだけ。自分の容姿が圧倒的に劣っているという自覚を持ってからは、心の底から楽しめたことなんてなかった。つらくて、恥ずかしくて、笑われるのが怖くて、控えめに生きてきた。沙羅の言葉を借りるなら、人生から逃げてきた。

でも意外だけど、今になって生きたいと願っている。ブスのままでいい。こんな訳の分からないまま、死ねない。もう一度、チャンスが欲しい。

沙羅が言った。「聖蘭さん、聞いてますか。どうぞ天国へ」

「嫌です」

「あっそ。天国に行かないのね。それじゃあ地獄に落とすから」

「えっ」

「こんなブス、どうなっても知るか。面倒だから、地獄に落としちゃえ」

「ちょ、ちょっと待って」

「うるさい。おまえはもう地獄行きだ！」

「嫌ーっ！」聖蘭は叫んだ。

叫んだ拍子に、目から大量の涙があふれ出した。

これまで泣いたことは一度もない。ひどくいじめられていた中学生のときでさえ、泣かなかった。人生通算でずっとため込んできた涙が、一気に吐きだされた。

「なんで、いつも私ばっかり。いつも、いつも、ひどい目にあわなきゃならないのよ。なにも悪いことしてないのに、なんでこんな顔で。うわあああ」

聖蘭は赤ん坊のように泣きじゃくった。

「あーあ、泣いちゃった。脅しのつもりだったのに」

沙羅は、耳の穴に指を入れてふさいでいる。

聖蘭は涙が涸れるまで、全開で三分ほど泣いた。ようやく泣きやんだところで、沙羅はため息をついた。

「分かりました。聖蘭さんにチャンスをあげます。先ほども言った通り、あなたが生前知らなかったことを教えるわけにはいきません。しかしあなた自身が推理して、真相にたどり着くぶんにはかまわない。あなたがなぜ死んだのか、母がどうなったのかも含めて、死の直前に何が起きたのか、その真相を自ら推理して言い当てることができたら、生き返らせてあげましょう」

「えっ。でも、まったく見当もつかないけど」

「真相にたどり着くために必要な情報は出そろっています。つまり、今あなたが持っている情報だけで、正解にたどり着けます」

「そうなの?」

「じゃないと、アンフェアですから。不正解なら、大人しく天国へ。それでも駄々をこねて居座るというなら仕方ない。そのときは地獄に落とします」

思いもよらない提案だった。

推理力に自信はない。だが、自分が生き返ることより、母がどうなったかだけでも知りたい。母が死んで天国に行っているなら、一緒に行く。母が助かっていて、まだ現世にいるなら、自分も戻りたい。

名探偵ではないが、あの夜の当事者だ。謎《なぞ》を解くために必要な情報は出そろっているなら、やってやれなくはない。

「分かりました。やらせてください」

「OK。私も忙しいので、制限時間は十分です。よろしいですね」


「スタート」

沙羅は言うなり、席を立った。

部屋の隅にある冷蔵庫から氷の塊を取りだす。昔、駄菓子屋にあった鉄製の古いかき氷器にセットする。沙羅が横についたハンドルを回すと、シャカシャカと氷が削られていく。よほど切れ味がいいのか、ハンドルは軽やかに回り、ガラス製の器に氷が落ちていく。山盛りになったら、スプーンで形を整え、イチゴシロップをかけ、さらに練乳をたっぷりかけた。冷やしていたフルーツを盛りつける。

デスクに戻り、沙羅はかき氷を食べはじめた。氷の冷たさで頭がキーンとしたのか、少し痛そうな顔をする。

見れば見るほど、奇跡的なかわいさだ。加えて、高級感がある。値段のつけようがない国宝級の美術品、本来であれば防弾ガラスでできたケースに厳重に保管しておくべきものが、無造作に野に放りだされているような凄《すご》みがある。

死後の世界なんてないと思っていた。しかし、この状況なら信じるしかない。

とにかく推理に集中しないと。

まずは、あの夜のことを思い出してみる。

家に帰ると、母がごちそうを用意して待っていてくれた。二人でごはんを食べ、満腹になって眠くなったので、シャワーを浴びた。そして母がプレゼントしてくれた新品のネグリジェを着て、眠りについた。

砂漠を歩く夢を見た。

目が覚めたら、汗びっしょりで、意識が朦朧としていた。立つこともできず、床を這って部屋を出た。水が飲みたくて、台所に向かった。居間を横切ると、母が血まみれで倒れていた。聖蘭もふらふらで、その場で嘔吐して、力尽きた。

その直後、十秒ほど幽体離脱した。俯瞰《ふかん》視点で、居間を見下ろした。母と聖蘭が重なるように倒れていて、床には果物ナイフが落ちていた。あれはうちのものだ。母は腹部を中心に、服が真っ赤に染まっていた。でも、どこをどれくらいの深さで刺されたのかは分からなかった。

これが聖蘭の認識しているあの夜の出来事だ。

意味不明。すべてが唐突すぎる。

いや、予兆はあったのかもしれない。ただ、それに気づいていないだけ。情報は出そろっているのだ。その一つ一つを見落とさず、正しくはめ込んでいけば、パズルのように一枚の絵が浮かびあがる。

まずは自分のことから検討する。聖蘭の死因はなにか。

症状からいくと、一番近いのは熱中症だ。体が熱かったし、汗もかいていた。ひどく喉が渇いていて、水を飲みたいとしか考えられなかった。頭痛、めまい、耳鳴り、嘔吐といった症状も、熱中症っぽい。

しかしあの夜はそれほど暑くなかった。水分も摂《と》っていた。若くて健康な聖蘭が、いきなり熱中症で死ぬのもおかしい。

熱中症でないとしたら、他にどんな死因が考えられるか。

嘔吐したことを考えると、食中毒や毒物の可能性もある。だとしたら、あのとき食べた夕食に、その原因となるものがあったのかもしれない。あの夜、口にしたものといえば、母が作ってくれたごちそうと、ミミがくれたワイン。

だが、症状に腹痛はなかった。また夕食を食べてから、かなり時間が経《た》っている。こんなに時間が経ってから、症状が出ることがあるのだろうか。

食中毒なら、母も同じものを飲食していたので、同じ症状が出ていなければならない。

毒物だとしたら、母が毒を盛ったことになるが、それはありえない。推理以前の問題として、母が聖蘭を殺すわけがない。それは絶対にない。

結局、自分の死因さえ分からなかった。医学的な知識もない。熱中症であれ食中毒であれ、どんな症状が出るのか正確には知らない。

「二分経過、残り八分です」と沙羅は言った。

今度は母のほうを考えてみる。

母の生死は不明だが、死んだとしたら刺殺だ。刺された箇所は、おそらく腹部か胸部。床には自宅で使っている果物ナイフが落ちていた。

この状況から推測できるのは、聖蘭が自分の部屋に入って眠ったあと、誰かが家を訪ねてきたということだ。

母に争った形跡はなかった。また居間を見るかぎり、犯人が不法に侵入した形跡もなかった。おそらく母の知人で、母が招き入れたものと考えられる。

あるいは犯人も、訪ねてきた時点では、母を殺すつもりはなかったのかもしれない。殺意が初めからあったのなら、凶器は持ってくるはずだからだ。

犯人は家を訪ねてきて、何らかのトラブルになった。隙をついて台所に行き、ナイフを取ってきて母を刺した。そしてナイフをその場に落として、逃走した。母は警戒していなかったため、正面から刺された。

そういう流れだったとすると、問題は、聖蘭が眠ったあと、誰が訪ねてきたのかだ。

居間の状況を思い出す。幽体離脱したときに見た光景だ。

母のことだ。客が来れば、飲み物くらいは出す。正和ならお茶かコーヒー、ミミならお酒といった具合に、客の好みに合わせた飲み物を出すはずなので、テーブルの上の飲み物で、誰が来たか分かるかもしれない。

あのときテーブルになにか載っていなかったか。

分からない。幽体離脱したのは十秒ほどで、それも倒れている母と聖蘭自身に目を奪われたので、テーブルには意識が向かなかった。

「いや、待てよ」

ナイフで刺すほどの騒ぎになっていたら、いくら聖蘭が眠っていたとしても、さすがに目を覚ますのではないか。母だって悲鳴をあげるなりしたはずだ。

母は悲鳴をあげたのに、聖蘭は気づかなかった。

もしかして、犯人に眠らされていた？

たとえば、こうだ。犯人は家を訪ねてくる。母の隙を見て、聖蘭の部屋に忍び入り、ハンカチにクロロホルムのような麻酔液を染み込ませて、聖蘭の口にあてて深く眠らせる。通常の睡眠ではない麻酔状態なら、多少の物音では目が覚めない。そのうえで、母を刺して殺した。

「とすると、もしかして……」

犯人の狙いは、聖蘭が母を殺したあとで、自殺したように見せかけることにあったのではないか。

犯人は母を刺殺したあと、麻酔薬で眠っている聖蘭の手にナイフの柄を握らせて、指紋をつけさせた。そしてナイフを床に落とす。そのうえで聖蘭の部屋を閉めきって、室内で練炭を焚《た》く。すると、どうなるか。

聖蘭が母を殺したあと、練炭自殺したように見える。

そう考えると、あのときの自分の症状もすっきり説明できる。汗びっしょりだったのは部屋を閉めきって練炭を焚いたからだ。そしてめまい、耳鳴り、頭痛、嘔吐といった一連の症状は、一酸化炭素中毒。

実際には麻酔の効き目が弱かったのか、聖蘭は目を覚ました。

しかし頭はふらふらで、部屋で練炭が焚かれていたことには気づかず、部屋を這い出たところで力尽きた。

これが事実だとすると、念入りに準備された計画殺人だ。そして成功確率は高い。聖蘭は無職であり、この顔だ。人生をはかなみ、母を道連れにして無理心中したと、警察はすんなり受け取るかもしれない。

「四分経過、残り六分です」

犯人は知人だ。母に争った形跡がないこと。練炭を用意して、無理心中に見せかけるなど計画性が高いこと。そして沙羅が言うように、いま頭の中にある情報だけで真相にたどり着けるのだとしたら、犯人は聖蘭も知っている人物だと考えていい。

まずは容疑者を絞り込もう。

ぱっと浮かぶのは正和とミミ。どちらであれ、訪ねてくれば、深夜であっても母は家に上げるだろう。母によれば、ミミは沖縄に行っているというが、何らかの理由で戻ってきたのかもしれない。

しかし動機はなんだろう。聖蘭も母も、二人に殺されるほどの恨みを買っていたとは思えない。聖蘭と母を殺すことで利益を得るとも思えない。

聖蘭の貯金は八十万ほど。母の貯金額は知らないが、こつこつ貯《た》めていたとしても一千万は超えないはず。二人殺害なら、死刑もある。そんなリスクを冒してまで、奪いたい金額ではない。

母と聖蘭が死ねば、母が特別な遺書を残していないかぎり、母の財産は正和に相続される。その意味では、正和は得をしている。しかし正和が金に困っているという話は聞いていないし、ギャンブルに手を出す人でもない。聖蘭が知るかぎり、正和に犯罪者気質はまったくない。

ミミが二人を殺害後、預金通帳を奪った可能性はないか。

それなら強盗殺人だが、この可能性は考えにくい。「聖蘭が母を殺して自殺した」ように見せかけることに主眼があったとすれば、預金通帳を奪うことはありえない。事件後、二人の預金が何者かによって引き出されていれば、いくらなんでも警察は気づく。その時点で強い犯罪性を感じさせ、無理心中に見せかけるシナリオは崩れる。やっていることが支離滅裂だ。

ミミはギャンブル好きだし、金づかいも荒い。何をするか分からないところがある。しかしバカではないので、やるとしたらちゃんと計画を立てるはずだ。

恨み、金銭が目的でないとすると、他にどんな動機が考えられるか。生命保険に入っているわけでもないし。

「……あっ、生命保険！」

思い出した。聖蘭の机の引き出しが開けられていた形跡があった。なくなっているものはなく、気のせいだと思っていたが。

引き出しには印鑑も入っていた。犯人が印鑑を持ちだし、勝手に使った？　たとえばその印鑑で借金をしたり、生命保険に加入したり。正和やミミなら、聖蘭がいないときに家に来て、こっそり印鑑を盗みだすことは可能だ。

そう考えると、もう一人、容疑者が浮かんでくる。伸弥だ。

伸弥は保険会社に勤めている。生命保険の加入には、本人確認が必要だが、社員ならそこはどうにでもなるだろう。保険証書の偽造も、やってやれなくはない。知らぬ間に、聖蘭に生命保険がかけられていた可能性もある。

そうなると、そもそも伸弥が聖蘭に近づいてきた目的自体が怪しくなってくる。街で声をかけられたのも、偶然かどうか分からない。初めから犯罪目的があって、聖蘭のことを下調べしていた。そのうえで、聖蘭を犯罪のターゲットに選んで近づいてきた可能性もある。多少なりとも聖蘭に気があるのかと思っていたが、冷静に考えれば、その可能性は低い。大手保険会社に勤めていて、ルックスも悪くない伸弥が、わざわざこんなブスを好きになるわけがないからだ。

伸弥は、母を紹介してくれ、とも言っていた。聖蘭には内緒で、すでに母に接近していた可能性もある。偶然をよそおって聖蘭に近づいてきたように。

たとえばだが、こんなこともありうる。

伸弥は、何らかの方法で聖蘭宅に侵入した。防犯意識の高い家ではない。初歩的なピッキングで侵入可能だろう。そして聖蘭の印鑑を盗み、保険会社の社員の地位を利用して、聖蘭の知らぬ間に生命保険に加入させていた。そして聖蘭と母が死ねば、自分（あるいは犯罪者仲間）に保険金が下りるようにしていた。それだけの準備をしたうえで、母娘《おやこ》の無理心中に見せかける計画殺人を実行した。

だとすると、凶悪かつ高度な犯罪者だ。大悪党と言っていい。聖蘭に近づいてきた時点で、そこまでの計画があったのかもしれない。

とても信じられない。でも、あの気さくで、ずんずん距離を縮めてくる感じは、手練《てだ》れの詐欺師と言えなくもない。弟感覚で接してきたが、仲弥の恐るべき裏の顔が浮かんで、頭が真っ白になった。

「六分経過、残り四分です」

沙羅は、三分の一になったかき氷に、練乳をまるごと一本分かけて、食べ終えた。満足げな顔で唇をぺろりとなめた。美顔マッサージをはじめる。

動機から犯人にせまるのは無理だ。

ただ容疑者は、正和、ミミ、仲弥の三人に絞っていい。この三人以外だと、いま頭の中にある情報を超えてしまう。

犯人は誰か？　正和か、ミミか、仲弥か。

ここで思考が止まってしまう。容疑者は三人。どういう種類の犯行だったのかも、ある程度見当はついた。しかし、決め手となる証拠がない。

犯人はあの夜、聖蘭が眠ったあと、家を訪ねてきたことは確かだ。だから、誰が訪ねてきたのかが分かればいい。

あらためて居間の状況を思い出す。

しかし聖蘭は（たぶん一酸化炭素中毒で）ふらふらだった。居間をはっきり見たのは、幽体離脱していた十秒ほど。

ぱっと見て、居間に変わったところはなかった。

それは当然だ。犯人の狙いが、「聖蘭が母を殺したあとに自殺した」ように見せかけることにあったのだとすれば、当然、あの夜に自分が訪ねてきた痕跡《こんせき》は消しておくだろう。たとえば母がお茶を出したとしても、グラスは片づけて帰ったはずだ。犯人が来た痕跡が残っていないほうが普通なのだ。

本当に犯人を特定するための情報は出そろっているのだろうか。沙羅が嘘《うそ》をついて、煙《けむ》に巻《ま》いているだけのような気がしてきた。

「ねえ、沙羅さん」

「はい?」沙羅は、顔のエラの裏側にあるツボを押している。

「本当に犯人を特定するための情報は出そろっているの?」

「ええ、そう言ったでしょ」

「つまり犯人が家に来たという証拠が、居間に残っているということ?」

「それはヒントになるので、答えられません。ただし推理を聞けば、ちゃんとあの人が犯人だと納得できるだけの情報は出そろっています」

「本当に?」

「閻魔は嘘をつきません」

沙羅は顔をそむけ、こめかみのツボを押している。聖蘭のことはもう忘れたかのような無表情。泣き落としをしても、ヒントさえくれそうにない。

「八分経過、残り二分です」沙羅が無情に時を告げる。

あと二分。

沙羅は嘘をついていない。それは信じられる。

息を飲むようなキラキラした瞳。嘘つきにこんな目はできない。

情報は出そろっているのだ。どこかに見落としがあるのか、それとも情報というパーツをうまくはめ込めていないのか。

もう一度、あの夜を思い出してみる。

家に帰ると、母がごちそうを用意してくれていた。二人で夕食を食べ、ワインも一本飲みほした。満腹になり眠くなって、シャワーを浴びた。母がプレゼントしてくれた新品のネグリジェに着替え、部屋に入って眠った。

目が覚めると、熱中症のような症状になっていた。床を這って居間に行くと、母が血まみれで倒れていた。聖蘭も力尽きた。幽体離脱し、居間を俯瞰した。聖蘭が眠るまえと、特に変わったところはなかった。それは当然だ。犯人は、自分が家に来た痕跡を消したはずだから……。

いや、待てよ。

ぞわっとした。もう一つ可能性がある。

「えっ、それじゃあ、もしかして……」

脳天に雷が落ちたような衝撃があった。

「だとしたら、お母さんを殺したのは……、私？」

まさか、まさか……。

「嘘だ。そんなわけない。嘘だ」

しかし、状況との整合性はある。動機も納得できる。

「でも、でも……、そんな……」

お母さんは生きているの？　死んでいるの？

聖蘭は放心していた。沙羅の声で正気に戻った。

「残り十秒です。十、九、八、七、六」

もう一度、推理を検討してみた。物証はない。でも、この推理以外、ありえない。

母は聖蘭が思う以上に、娘を愛していたのだ。

「五、四、三、二、一、ゼロ。終了です。犯人は分かりましたか？」

「ええ」聖蘭は力なくつぶやいた。

3

「では、解答をどうぞ」

「はい、犯人は分かりました。でも証拠はないんですけど」

「これは刑事裁判ではありません。状況証拠だけであっても、犯人の指摘が論理的に納得できるものであれば充分です」

「分かりました。では、はじめます」

聖蘭は一度、大きく深呼吸した。

「あの夜の状況から、可能性は二つ考えられます。可能性①は、私が眠ったあと、犯人が家を訪ねてきて、まず私にクロロホルムのような麻酔液をかがせて昏睡《こんすい》させ、しかるのちに母を刺殺。そしてナイフの柄に私の指紋をつけるなどしてから、私の部屋を閉めきって練炭を焚いた。こうして私が母を殺害後に自殺したように見せかける。その後、犯人は家に来た痕跡を消して、立ち去った。

この説なら、容疑者は三人に絞られます。正和おじさん、ミミ、そして伸弥くん。ただし、ここでは捜査も取り調べもできないので、これ以上の検討はできません。したがって肯定も否定もできない。もちろん、この説も状況的にはありえます。

でも、真相はたぶんこっち。可能性②は、すべて母の犯行だったというもの。母はあの夜、私の食事に睡眠薬を混ぜていた。食後、急に眠くなったのは、睡眠薬の成分が効いてきたから。それで私はシャワーを浴びて、自分の部屋に入って眠った。睡眠薬の効果で、多少の物音では目覚めない。母はぐっすり眠っている私の部屋に入り、密閉したうえで練炭を焚いた。私が汗びっしょりだったのは、あの部屋が単純に暑かったから。そして私は一酸化炭素中毒で死亡した。

問題は動機です。母は私を愛していました。それは絶対に間違いない。憎しみでも金目的でもない。動機は、その愛ゆえだった。

私はこんな顔で生まれてきたがために、ずっと笑いものにされてきました。学生時代はいじめられていました。結婚もできず、仕事も見つからない。この顔のせいで、自信を持てず、臆病でした。ある意味、私がこんな顔で生まれたのは、母のせいだとも言えます。母はそのことで自分を責めてきたのかもしれない。私が時折つぶやく『死にたい』という言葉も、母は耳にしていたのかもしれません。

この顔のせいで、生きていてもつらいだけ。今はまだ、母がいるからいい。でも、母は先に死にます。そうなれば、私は一人ぼっち。仕事もなく、結婚もしていない。そんな孤独な中年女の独り身が、どれだけみじめか。母は、そんな娘の行く末をあわれんだ。だから無理心中を決行したんです。娘を殺して、自分も死のうと。そして母は、私がもっとも苦しまずに死ねる方法として、練炭を選んだ。

いつだかテレビで見たことがあります。睡眠薬を飲んで、車内で練炭を焚く。そうすると眠っているうちに一酸化炭素中毒で意識を失い、ごく短時間で苦しまずに死ねると。私はそれを見て、自殺するなら練炭がいいと思いました。母もそのテレビを見て、同じことを考えたのかもしれない。母に私を絞殺する力はありません。刺殺だと痛いし、毒物は手に入れるのが難しい。母なりに考えたうえで、自分に可能な方法で、私がもっとも苦しまずにすむ殺害方法を選んだ。

そして決行した。最後の夜、母は腕によりをかけて、最高のごちそうを作った。あれは文字通り、最後の晩餐《ばんさん》だったんです。私はミミを呼ぼうとしたけど、母に止められた。ミミは沖縄に行っていると言っていたけど、たぶん嘘。これから死ぬつもりだから、ミミに来られたらまずいですからね。そして一酸化炭素中毒で死ぬ私が、美しい姿で死ねるように、新しいネグリジェを用意した。あれは、いわば死《し》に装束《しょうぞく》だった。それだけの準備をしたうえで、母は私を睡眠薬で眠らせ、部屋を密閉して、練炭を焚いた。そして居間に戻り、ナイフで自分の手首を切った。洋服の前面が赤く染まっていたのは、刺されたからではなく、手首の出血が付着したためです。

可能性②が正解だと思うのは、最後の晩餐や、死に装束も含めて、私の殺し方に愛があったから。最後においしいものを食べて、きれいな姿で、苦しまずに死ねるように配慮された殺し方だった。とすれば、母しかいない」

沙羅はタブレットを見つめていた。足を組みなおし、二度うなずいた。

「いいでしょう。正解です」

「やっぱり」

「犯人は分かってしまったので、少し補足説明してあげましょう。あなたの指摘通り、犯人は母、聖子さんです。動機は、娘が不憫《ふびん》だったから。聖子さんは、ずっと自分を責めていました。あなたをそんな顔で産んでしまったことに。どう考えても、母のブス遺伝子が娘に引き継がれた結果です。

聖子さん自身、若いころはその顔がコンプレックスでした。女でブスだと、それだけで苦労や屈辱をともないます。あなたは、母に輪をかけたブス。そのせいで恋愛、結婚、就職など、あらゆる面でハンデがある。すべてマイナスからのスタートで、負のサイクルからなかなか抜け出せない。いつからか、あなたは努力をやめ、あきらめて達観することが増えました。聖子さん自身も同じ苦しみを通過してきましたし、母以上にブスの呪いがかかったあなたを見ていられなかった。

聖子さんは、自分がこの先、どれだけ長生きできるのか、不安を覚えていました。あなたは今、失業中ですけど、母に収入があるので、どうにか暮らしていけます。しかし母が死ねば、あなたは一人ぼっち。不安定な仕事にしか就けず、結婚もできそうにない。なにより、いつも下を向いていて、悲観的で、ため息ばかりついているあなたの行く末を心配していました。

あなたが時折つぶやく『死にたい』という言葉も、聖子さんの耳に入っていました。その言葉を聞くたびに、彼女の心は張り裂けんばかりでした。聖子さんには娘もいるし、弟もいる。しかし、あなたには子供も兄弟もいない。もう三十で、人生が好転する兆しもない。いっそ死んでしまったほうが楽なのではないか。それなら一緒に死んであげよう。次第に無理心中に気持ちが傾いていきました。

計画は一ヵ月前からです。聖子さんは心療内科に通い、不眠を訴えて、睡眠薬を処方してもらっていました。そして、いつだか見たテレビで、もっとも楽に死ねるのは練炭自殺だと思い、それについても調べておきました。

そして当夜、最後の晩餐で、あなたの大好物だけ作って、美しい姿で死ねるように死に装束も用意した。食後のティラミスに睡眠薬を砕いて混ぜておきました。そしてあなたが眠ったのを見計らって、部屋の窓を閉めきり、練炭を焚いた。居間に戻って、娘と一緒に旅立とうと、手首を切った。弟宛ての遺書も書いておきました。手首を切る直前、弟にメールをして、早く遺体が発見されるように、明日の朝、来てくれるように頼みました。自宅の鍵も開けておきました。

まあ、実際には、あなたは楽には死ねませんでした。あの家は古いので、窓を閉めきっても、完全には密閉されません。そのため一酸化炭素中毒になっても即死はせず、ふらふらの状態で目が覚めたということですね」

「それで、お母さんはどうなったの?」

「実はあなたが死んで二日が経過しているのですが、聖子さんは一命を取りとめました。というのも、正和さんがあの夜に駆けつけたからです。正和さんは姉からメールをもらいました。そこには理由も記さず、明日の朝、来てくれ、とだけ書いてありました。返信メールをしても返ってこないし、電話してもつながらない。嫌な予感がして、夜に車を飛ばして、姉の自宅に向かいました。玄関の鍵が開いていたので入ってみると、あなたと聖子さんが倒れていました。あなたは息絶えていましたが、聖子さんの手首の傷は浅く、早期に発見されたので助かりました」

「そう。それならよかった」

「まあ、あなたを殺害した罪で逮捕されましたけど」

「ああ、そうか。そういうことになるのか」

母が死んで天国に行っているなら、自分も行こうと思っていた。しかし母が生き残っていて、ましてや殺人罪で逮捕されているなら、是が非でも戻らないといけない。

「お願い。早く私を生き返らせて」

「慌てないでください。閻魔は約束を守りますから」

沙羅は頬をふくらませ、目をぱちくりさせた。

「ただし、生き返らせると言いましたが、正確には時間を巻き戻すんです。時間と空間は連動しながら一定の速度で進んでいくのですが、それを逆側に巻き戻すのです。あまり巻き戻すと、あとで調整が大変なので、死の直前まで戻します」

「死の直前というと？」

「ふらふらの状態で、居間まで這っていったあたりかな。ただし、あなたがここに来た記憶はなくします」

「記憶をなくす？　じゃあ、沙羅さんのことも忘れるの？」

「当然です。霊界のことは極秘事項ですから」

「それはそうよね。えっ、でもじゃあ、生き返っても、また死ぬだけじゃ――」

「そうならないように、こっちでうまくやっておきます」

「分かりました。よろしくお願いします」

記憶をなくすなら、沙羅にまかせるしかない。また、まかせていいと思えた。今になれば、沙羅を完全に信用できる。

現世に戻れると思ったら、急に気が抜けた。返す波で、現実感が戻ってくる。V《バーチャル》R《リアリティ》の世界にいるような気分だったけど、これは間違いなく現実なのだと思えた。記憶をなくすのが惜しいくらい、特別な体験をしている。

ふいに涙がこぼれた。一粒落ちると、ぽろぽろとこぼれて止まらなくなった。

「ん、なに泣いてんの？」と沙羅が言う。

「あ、ごめんなさい。なんか、母が死んでないと分かったら、ほっとして。それに、母がどんな思いで娘を手にかけたのかを考えたら、自分が情けなくなってきて」

涙が止まらなかった。手は動かないので、涙をぬぐうこともできない。

「ふうん。まあ、そう思ったのなら、今一度もらった命で親孝行してください。最大の親孝行は、母の日にプレゼントを贈ることではなく、あなたがあなたらしく立派に生きている姿を見せてあげることです。聖蘭さんは今回もみごとに犯人を推理したように、頭はかなりいいほうです。社会人としての能力も高く、優しい性格でもある。確かにヘビー級チャンピオンのブスですけど、それ以上にそのことに引け目を感じて、積極的になれないあなたの弱さこそが、評価を著しく下げてしまっていると言えます。あるいはまた、うまくいかないことのすべてを、顔のせいにして逃げていることが、あなた自身が本来持っている能力にブレーキをかけているとも言えます。

ちなみに付言すると、あなたは前前前世からブスです。そして三代続いて、ブスを苦にして自殺しています。あなたはよく『死にたい』とつぶやきますが、それは前前前世から続く宿痾《しゅくあ》と言ってよく、あなたの魂にこびりついている宿業的な自殺願望です。しかしながら、これだけは言わせてください。死ねば楽になるというのは嘘です。自殺はきわめて罪が重いんです。ブスであることを苦に自殺しても、地獄に落とされたあげく、来世でもっとブスになって生まれ変わります。苦しみをより大きくして、来世に先送りするだけなんです。いじめ自殺も同じです。いじめを苦にして自殺しても、来世でもっといじめられるだけです。

逆にコンプレックスに負けず、歯を食いしばって生きていけば、人生はちゃんと好転していきます。禍福《かふく》はあざなえる縄のごとし。不幸だからといって、そこに立ち止まっていては不幸なままです。しかし痛くとも、苦しくとも、懸命に前に進んでいけば、人生はよくなっていきます。どうか今世では、自殺することなく、人生をまっとうしてください。そうすれば来世以降、よい循環が生まれます」

「はい」

「それにあなたが思うほど、まわりは見てくれを気にしていません。霊界のデータによると、外見でしか人を判断できない人間は七割。外見ではなく、本質を見抜く目を持っているのが三割です。つまり人間のうち三割は、あなたの外見をさほど気にしていません。少なくともブスだからといって、それだけの理由でバカにしたり、笑ったり、嫌ったり、評価を落としたりすることはありません。そして往々にして、人間社会で主導的な地位に立つのはその三割です。見てくれでしか判断できない七割は、しょせんその程度の人間にすぎないので、不満や悪口をSNSに書き込むしか能がなく、社会の底辺を這いずって、酔《すい》生夢死《せいむし》の人生を生きるだけです。

結局、あなたが不運に見舞われるたびに、それをブスのせいにしているだけなんです。確かにブスのせいで、損をしたり、足を引っぱられることもあったかもしれません。しかし、たとえそうであっても、それを顔のせいにするまえに、あなた自身にもっと努力する余地があったのではないですか。

そういうわけなので、生き返ったら、いろいろチャレンジしてみてください。とりあえず動いてみましょう。挑戦するのはいいことです。たとえ失敗しても、その経験によって自分の思わぬ一面に気づけたり、引き出しが増えたりします。恋愛であれ仕事であれ、成功確率が一パーセントしかないなら、百回やればいいんです。美人でお金持ちの家に生まれて、何の苦労もなく世の中を渡っていく人間もいるでしょうが、そんなのは他人の人生なので無視しましょう。

あなたはあなたの人生と向き合い、なぜ生まれてきたのか、その意義を、長い人生の中でいつか、見つけてください。千辛万苦《せんしんばんく》の果てにしか、たどり着けない答えもあるはずです。人生は先が分からないから面白いのだと、どこかの歌手が無責任に歌っています。閻魔もまた、未来のことは分かりません。しかしながら、自分の力で扉を開こうとした者だけが、未来を手に入れる。何もしないなら、何も起きない。これは事実です。閻魔は嘘をつきません。

人生は修行です。苦しくてあたりまえ。あなたの人生を変えられるのは、あなただけです。前前前世から続く宿痾を払いのけ、人生の駒《こま》を前に進めてください。どうせ最後は死ぬんです。成功した人生も失敗した人生も、最後にたどり着く場所は死であり、ここ閻魔堂です。気楽にいきましょう」

不思議な少女だ。

奇跡的にかわいくて、でもわがままそうで、自由気ままに育って、苦労なんてしたこともなさそうなのに、酸いも甘いも一周したような器があって、教祖のような、仏陀《ぶつだ》のような、底知れない存在感がある。すべてを見透かされているような気がして、いっさい飾り気のない言葉が、耳を通過して心に刺さってくる。この子の励ましを聞いたあとなら、自分でも頑張れそうな気がしてくる。

「ありがとう」と聖蘭は言った。

「あなたには他に代えがたい魅力があります。そしてあなたのまわりにも、そんなあなたの魅力に気づいている人がいます」

「えっ、私の魅力？　誰？　もしかして、伸弥くん？」

「それは生き返ってのお楽しみ」

沙羅は、神の威光のような、まばゆい笑みを浮かべた。

沙羅はぷいと背を向ける。デスクに向かって、タブレットをキーボードにセットした。

なにやら打ち込みはじめる。

「では、参りますか」

「あの、沙羅さん。どうもありがとうございました」

「どういたしまして」

「あなたに出会えて、とても前向きな気持ちになれました。生き返ったら、もう一度頑張ってみたいと思います。母のためにも」

「今日が私の担当でラッキーでしたね。ここにいたのが父だったら、あなたが泣きわめいた時点で地獄行きでしたよ。父は、泣《な》きっ面《つら》のブスが死ぬほど嫌いですから」

「お父さんって、閻魔大王の……」

「では、行きます。時空の隙間に無理やり押し込むので、めっちゃ痛いですけど、我慢してください。ちちんぷいぷい、外園聖蘭、地上に還《かえ》れ」

沙羅は、エンターキーを押した。

4

――「おえっ」

床に嘔吐した。胃液ごと、夕飯に食べたものがすべて吐きだされた。聖蘭はそのまま突っ伏した。体に力が入らない。

近くに母が倒れている。でも、もう声が出ない。舌がしびれている。

救急車……、電話……、意識が薄れていく。

なにこれ、どうなってるの？

……私、死ぬの？　……やだ、……お母さん、……お母さん。

聖蘭は目を閉じ、首を垂れたところで、

玄関のドアが開く音が聞こえた。

「おーす、勝手にお邪魔しまーす」

ミミの声だ。ずかずかと乱暴な足音が聞こえてくる。

「遅くなって悪いね。ごちそうって……、え、え、ど、どうした？」

ミミが駆けよってくる。

「おい、聖蘭。どうした？　何があった？」

ミミに胸ぐらをつかまれ、頬を叩かれた。声でミミだと分かるが、視界はモザイクがかかっていて、何も見えない。

「おばさん、なんで血まみれなの？　手首？　とにかく止血しないと」

ミミがばたばたと動いている。母の止血をしているようだ。

「おばさんはこれでよし。それから聖蘭だ。今、水を持ってきてやるからな」

ミミは立ち去り、また戻ってくる。バケツいっぱいの水を顔面にかけられた。一気に体が冷えた。それで少し、意識がはっきりした。

「聖蘭、しっかりしろ。死ぬなよ」

聖蘭は、ミミの腕をつかんだ。

「ミミ……、お母さんを、助けて……」

「ああ、おばさんは大丈夫だ。これくらいの出血じゃ死なねえ。今、救急車を呼んでやるから、もう少し頑張れ」

ミミは携帯を操作している。

「あ、もしもし、一一九番？　あのね、二人倒れていて、一人は手首切って血まみれで、もう一人は汗びっしょり。……そんなこと聞かれても分からないよ。とにかく、すぐに救急車をよこして。……ここの住所？　ええと、ここの住所はなんだ？」

ミミの存在に安心して、聖蘭は全身の力を抜いた。


目が覚めると、病院のベッドにいた。

病院であることはすぐに分かった。ベッドわきの椅子に正和が座っている。

「あ、おじさん」

「ああ、起きたか。よかった」

正和は疲れきった表情を浮かべていた。

部屋の隅に、ミミがいた。床に座って、両足を投げだし、壁に寄りかかって眠っていた。どこでも、どんな体勢でも眠れる女だ。

自分がなぜ病院にいるのか、すぐには思い出せなかった。しばらく考えて、記憶が戻ってきた。

「おじさん、お母さんは？」

「安心しろ。命に別状はない」

正和の話では、ミミが止血してすぐに救急車を呼んだため、大事にはいたらなかったという。

「でも、いったい何があったの？」

「ああ、実は――」

正和の話は、衝撃的だった。母が無理心中を図ったというのだ。

「これがその遺書だ」

二枚の便箋。弟宛ての遺書だった。そこには母がやったことが克明に記されていた。自殺幇助《ほうじょ》罪で誰も疑われることがないように、という母なりの配慮だろう。すべて自分一人で考えて実行したと明記されていた。

つまり聖蘭のあの症状は、一酸化炭素中毒。

動機までは記されていなかった。最後に「聖蘭と一緒に天国に旅立ちます」とだけ書かれている。間違いなく母の筆跡だった。

正和は、あの夜、母からメールをもらった。「明日の朝、うちに来てくれ」とだけ、理由も記さずに書かれていた。不審に思って、夜に車を走らせて、姉の自宅に来てみたら、ちょうど救急車が停まっていたというわけだ。

「で、でも、なんで？」

動機は記されていない。

母はあの夜も、いつもの母だった。まったく予兆はなかった。

正和は言った。「姉さんな、ずっとおまえを心配していたんだ。おまえももう三十だ。それなのに無職で、独身で、人生の先がまったく見えないから」

「………」

「おまえはいつも暗い顔をして、人生を投げたようなことを言うしな。姉さんは自分が死んだら、聖蘭は一人で生きていけるのか、心配してた」

「……そうなんだ」

「おまえにお見合い話を勧めたのは、姉さんのためでもある。おまえが結婚すれば、安心するだろうと思って。でもまさか、ここまで思いつめていたなんて」

正和は、苦しげに首を横に振った。

部屋の隅で、ミミが寝息を立てて眠っていた。

母も同じ病院に入院していたが、聖蘭とは別室だった。精神状態がきわめて不安定で、娘に会えるような状況ではなかったからだ。未遂に終わったものの、自分が殺しかけた娘である。聖蘭も、母と会ってどんな言葉を交わしたらいいのか分からなかった。

母の病室に入れるのは、医師と看護師と正和だけだった。正和から母の様子は聞いていた。自分を責めて泣いてばかりだという。警察の捜査も入ったが、聖蘭に母を告訴する意志がないことから、事件化はされなかった。母は自殺の恐れがあるため、継続入院。聖蘭だけ、事件から三日で退院した。

その日、正和と一緒に母の病室を訪れた。

母の顔はやつれていた。死神が張りついたように、感情が奥に引きこもっていた。

「ごめんなさい、ごめんなさい」

聖蘭の顔を見るなり、母は手を合わせて号泣した。会話にならなかった。

ふと思い出す。小学生のとき、授業参観に来ないでと言ったこと。中学のとき、「生まれてきたくなかった」と母を罵倒したこと。

母はずっと自分を責めていたのだろうか。

娘の幸せを願えばこそ、不憫に思い、いっそ一緒に死のう、そうすることで娘を苦しみから救ってあげようと思うほどに。

そして母は今も、自分を責め続けている。

「私が変わらないとなあ。お母さんのためにも」

――あなたの人生を変えられるのは、あなただけです。

ふいにどこからか、声が聞こえた。

「えっ、誰?」

振りかえっても、誰もいない。でも、どこかで聞いたことがあるような声だった。

「……気のせい?」

退院の翌日、聖蘭は伸弥にメールを送った。

伸弥からのメールを待つのではなく、初めて自分からメールした。堅くならず、なれなれしくないメールの文面を考えた。

『しばらくご無沙汰しています。最近どうですか。お仕事、忙しいですか。久しぶりに伸弥くんとごはんでも食べたいなと思って、メールしました。実は伸弥くんに話したいこともあって。もしよければ、空いている日を教えてください』

メールを送って五分後、返信が来た。

『お久しぶりです。僕もちょっと忙しくて、連絡していませんでした。明日の夜はどうですか。実は僕も、お話ししたいことがあったんです』

すぐに返信し、明日の夜八時、レストランの予約を取った。

伸弥からも話があるという。もしかして告白？

いずれにせよ、聖蘭のほうから告白するつもりだった。彼氏ができれば、母も喜ぶのではないか。それにいい加減、人生を前に進めなければいけない。ダメで元々だ。失うものはない。心の傷が一つ増えるだけ。どうせ傷だらけの人生、いまさら傷が増えたってどうってことはない。

これ以上傷つきたくないという気持ちから、傷が一つ増えたってどうってことないと思える心境に変わっていた。

今なら告白できる、きっと。

翌日の夜、約束の十分前にレストランに行った。

朝から、いや、昨日のメールのあとからずっと緊張していた。しっかりメイクして、美容院に行って髪をセットしてもらった。

伸弥は、約束より十分遅れてきた。スーツ姿だった。

「遅れてすみません」

「ううん」聖蘭は首を横に振った。

店員が来て、注文を取った。

「あれ、聖蘭さん。少しやせましたか?」

「あ、うん、ちょっとね」

「ダイエットでもしたんですか。ずいぶんほっそりしましたね」

確かに二キロやせた。あごのラインがすっきりした。

伸弥はもちろん、無理心中未遂事件のことは知らない。

頼んだ料理が来て、ビールで乾杯した。

「で、聖蘭さん。話ってなんですか?」

いきなり来た。準備してきたとはいえ、心臓がバクバクしている。でも、ちゃんと言うしかない。言葉は決めてある。

人生で初めての告白。どうにでもなれ。

「実は……、あの、伸弥くん」

好きです、付き合ってください。

そう言おうとしたところで、ふいに伸弥の左手の薬指に、今までなかった指輪がおさまっていることに気づいた。

「えっ……。そ、その指輪は、なに?」

「あ、これは」伸弥は照れくさそうに笑った。「実は、別れた彼女とよりを戻したんです。それで結婚することになりました」

「へ」

「まえに彼女と別れたって言いましたよね。実は彼女、聖蘭さんと同い年なんです。五年付き合ってきて、彼女のほうから結婚したいって言ってきたんです。でもなんか、俺、踏んぎりつかなくて、決断できずにいたら、じゃあ別れましょうって言われて」

「あ、そう」

「でも、いざ別れるとなるとつらくて。で、やっぱり別れたくないと思って、覚悟を決めて彼女にプロポーズしました。俺、決断力ないから、後戻りできないように、結婚指輪も買っちゃいました。それで彼女にOKをもらって、お互いの両親にもあいさつに行って、それでここのところ忙しかったんです」

「へえ……」

体温が下がるのが分かった。心臓も、夜の湖みたいに静まりかえっている。

伸弥は、妻となる女性のことを話していた。「よかったね。おめでとう」と口にするのが精一杯だった。伸弥の笑顔に悪意はない。聖蘭のことは、もとから恋愛対象に入っていなかったということだ。

「まあ、僕の話はいいんですよ。それより聖蘭さんの話ってなんですか?」

「え、いや、ええと、なんだっけ……。あ、そうだ。伸弥くん、保険会社の社員だから、保険について聞きたいと思って」

「そうなんですか。ちょうどよかった。実は僕もお勧めしたい保険があって、お話ししたいと思っていたんですよ」

「……私に話って、そういうことだったのね」

「ええ、聖蘭さんも三十代ですからね。今後、どんな病気になるかも分からないし」

伸弥はカバンからパンフレットを取りだした。

「聖蘭さんのお母さんにもお勧めしたい保険があるので、ぜひ紹介していただきたいと思いまして」

「それで、お母さんに紹介してって言ったのね」

「はい。六十歳過ぎても入れる保険がありますから。もちろん僕の大先輩ですから、どーんと勉強させてもらいます。それで僕がお勧めしたいのは、これです。毎月二千五百円で生涯保障、すべてのガンに対応していて――」

伸弥は保険のセールスを続けていた。伸弥に悪意はない。善意で保険を勧めているだけだ。しかも友だち割引で、かなりお得。

そりゃそうよね。こんなブス、好きになるわけないし。

聖蘭はため息をついた。

伸弥にふられ、仕事も見つからないまま、一週間が過ぎた。

母の精神状態が落ちついたということで、正和が病院に行って、自宅に連れて帰ってきてくれることになっていた。

自宅にはミミも来ていた。母の退院パーティーをやると言いだし、大量のパーティグッズを買ってきた。居間に飾りつけをしている。

「ほら、聖蘭、そっち持って」とミミが言う。

折り紙で鎖状のものを作り、天井に吊《つ》るすのを手伝った。場違いだが、暗くなるよりはいいと思い、ミミの好きなようにさせた。

母とはあれ以来だ。刺激するとまずいので、お見舞いは禁止されていた。母に殺されかかったのは事実で、どう接していいか分からない。ミミと正和が今日は泊まると言ってくれているので、その点は安心した。

料理は、寿司《すし》にピザ。そしてお酒。ミミが自分の食べたいものを買ってきた。部屋の飾りつけが終わると、ミミはさっそくワインを開けた。

「そうだ。ミミに聞きたいことがあったんだ」

「なに?」

「あの夜、なんでうちに来たの?」

あの夜、ミミが来てくれたから、二人は助かった。でも、なぜ来たのか。

「なんでって、あんたが呼んだからでしょ」

「私が？」

「食べきれないくらいごちそうがあるから、うちに来ない？　ってメールしてきたの、聖蘭でしょ」

ミミは携帯を取りだし、そのメールを画面に出した。見ると、確かにその日、聖蘭からミミにそのようなメールが送られていた。

「あれ、私、メール送ったんだっけ」

確かにミミを呼ぼうとはした。しかし母が、ミミは沖縄にいると言ったので、やめたのではなかったか。今から考えると、それはそのあと無理心中を図ろうと考えていた母がついた嘘で、ミミは東京にいたわけだが。

記憶がはっきりしない。いろいろありすぎて、あの夜の記憶は混濁している。

「お、来たみたいだよ」とミミが言った。

外から、正和の車のエンジン音が聞こえてきた。しばらくして正和が母を連れて、玄関から入ってきた。

母は一気に老けていた。魔女に呪いをかけられたような、暗い顔だった。

正和の話では、母はカウンセラーと話をするなかで、無理心中を図ったことを強く後悔しているとのこと。自責の念が強いので、娘を巻き添えにすることはもうないとしても、自殺には注意するように言われている。

　母はよろよろしていた。正和が体を支えて入ってきた。

　ミミはすでに酔っていた。いきなり母に向けてクラッカーを鳴らした。

「お誕生日、おめでとー！」

「お誕生日じゃねえわ」

　いちおうツッコミを入れる。ミミ流のジョークなのか、単に酔っ払っているだけなのかは分からない。

「よし、主役が来たところで、さっそく食おうぜ」

　ミミは、寿司にかけていたラップを外し、トロに手を伸ばした。空気を読んで、あえて明るく振る舞っているのか、それとも空気が読めず、単に腹が減っているだけなのかは分からない。

　母は激やせしている。ミミが勧めても、少ししか食べなかった。

　ミミなりに盛りあげようとしているのか、持ってきたギターを弾いて、「部屋とワイシャツと私」を熱唱した。正和もにぎやかなことが嫌いではない。「瀬戸《せと》の花嫁」をミミと肩を組んで歌った。それなりにパーティーを楽しんだ。

　満腹になったところで、ミミが言った。

「そうだ。聖蘭、話があったんだ」

「ん?」

「これに出ることになったから」

ミミは一枚のパンフレットと、出場登録書と書かれた履歴書のような紙を取りだした。

新人漫才コンテストとある。賞金百万円。

「え、なにこれ。ミミと私で漫才やるの?」

出場登録書には、二人の写真が貼ってある。聖蘭の写真は、以前ミミがふざけて聖蘭にバカ殿の化粧をして撮ったものだ。名前は「金玉さくらんぼ姫」。ミミの写真はバンドで歌っているもので、名前は「mimi」。

「もう登録しておいたから。コンテストは一週間後」

「なに勝手に履歴書送ってんのよ。あ、私の印鑑も押してある。そういえば、私の引き出し、開けられていた形跡があった。あんた、勝手に使ったのね」

「そうそう。印鑑が必要だったから。引き出し開けたら、印鑑があったから、押して送っといた」

「ミミだったのか。油断も隙もない」

「そういうわけで、明日から練習するから」

「ちょっと待って。一週間後は無理。就職の面接があるから」

「無理無理無理。どうせ受かんないって」

「分かんないでしょ、そんなこと」

「分かるんだよ。あんた、無能ってわけでもないのに、二十社以上受けて、一つも受かってないんでしょ。ってことはさ、神様が教えてくれてるわけよ。あんたの行く道はそっちじゃないって。あんたの行く道はこっち」

ミミは、漫才コンテストのパンフレットを突きつけてくる。

「最初に会ったとき、あんたには何かあると思ったんだよね。それが何なのか、やっと分かった。聖蘭にはお笑いの才能がある」

「ないよ。興味もないし」

「ある。私が保証する。私が言うんだから間違いない。あんたのそのブスな顔は、人を笑わせるためにあるのよ」

「なにそれ?」

「ほら、まえに居酒屋でテーブルに聖蘭の似顔絵を描いたことがあったでしょ」

「店員に怒られたやつね」

「でも、その店員、あんたの顔と似顔絵を見比べただけで、吹き出して笑った。あんたの顔には、それだけで笑いを生みだすポテンシャルがあるってこと」

「笑われているだけでしょ」

「笑わせるのも、笑われるのも、等しく才能でしょ」

正和が口をはさんだ。「へえ、似顔絵ってどんなの？」

ミミが聖蘭の似顔絵をさらさらっと描いた。ヘタウマ風で、いい具合に聖蘭の顔が滑稽に描かれている。

正和は爆笑した。「ハッハッハッ。よく似てるなあ。これは笑える」

聖蘭はうんざりして、ため息をついた。

「漫才はいいけど、バンドはどうするのよ」

「バンドは解散した。私が本当にやりたいのはお笑いだって気づいたんだ」

「すごい決断力だな。でも、この『金玉さくらんぼ姫』ってなに？　なんで私がこんな名前なの？」

「聖蘭、さくらんぼ好きでしょ。金玉って、さくらんぼみたいに二つついてんのよ。あんたは見たことないかもしれないけど」

「見たことはないけど、そういうものだってことは知識として知ってる」

「だから、金玉さくらんぼ姫」

「意味分かんない。やだよ。たけし軍団みたいじゃん。なんであんたはｍｉｍｉで、私だけ金玉さくらんぼ姫なのよ。私が金玉さくらんぼ姫なら、そうだな、ミミはパパイアが好きだから、乳首パパイア嬢ね」

「乳首パパイア嬢か。まあいっか、それでも。じゃあ、私もそれに改名」

「いいのかよ。軽いなあ、もう」

ミミは目をキラキラさせている。本気のようだ。

「でも、漫才ってなにやるの？」

「当面は聖蘭のブスいじりだね。やっぱりダントツでインパクトあるから。あまたいるブス芸人のなかでも、一気にトップに立つだけのポテンシャルがある」

「ブスいじりって？」

「たとえば、ブスなぞかけ。えー、聖蘭とかけまして、包丁で刺されたと解きます。その心は、ブスッ」

「なにが面白いの？　それ」

「えー、聖蘭とかけまして、霧の中の灯台と解きます。その心は、とっても醜い（見にくい）です」

「だから、それのなにが面白いの？」

「いや、なぞかけが面白いんじゃなくて、それに対するあんたのリアクションで笑いを取るんだよ。私がブスをいじるから、あんたが怒ったり、嫌な顔をしたり、たまにノリツッコミして、笑いを取るの」

「イメージわかない。考えたこともないし」

「とりあえず一週間後にやるネタはこれ」

ミミはコピー用紙にプリントアウトした三枚分の台本を取りだした。右端をホッチキスで留めてある。

「なにこれ。『おならのプーさん』？」

クマのプーさんにそっくりな着ぐるみを着た聖蘭がボケ。ミミがツッコミ。

聖蘭がクマのプーさんの着ぐるみで出ていく。ミミが「パクリだ」と文句をつける。聖蘭は、これは「クマのプーさん」ではなく、「おならのプーさん」というオリジナルキャラクターだと言い張るところからはじまる。

あるところで、聖蘭が着ぐるみの頭を取る。かわいいプーさんから、ブスな聖蘭が出てきて、ミミが腰を抜かす。ここでひと笑いある。

おならのプーさんは七色のおならを使い分ける。①赤色のおならをかぐと、眠ってしまう。②青色のおならをかぐと、嘘をつけなくなり、秘密を暴露してしまう。③黄色のおならをかぐと、笑いが止まらなくなる。④桃色のおならをかぐと、スケベになる。⑤黒色のおならをかぐと、悪魔になる。⑥紫色のおならをかぐと、一分以内に死んでしまうが、⑦緑色のおならをかぐと、毒が中和されて助かる。

聖蘭がいろんなおならをするたびに、ミミが眠ったり、秘密を暴露したり、エッチになったりして、ドタバタで話が進んでいく。

台本には簡単なあらすじが書いてあるだけだ。「紫色のおならをかいで死にかける→緑色のおならを五百円で買う↓いもを食べないとおならが出ない↓焼いも屋を探す」といった具合だ。あとはアドリブで面白くしていく。

ミミは言った。「着ぐるみは私の友だちに作ってもらってるから」

七分のネタ。うまくやれば、面白くなりそうな雰囲気はある。だが、これをやる自信が聖蘭にはない。人前に立ったことがないのだ。この顔なので、目立たないように生きてきた。舞台慣れしているミミとは条件がちがう。

「やっぱり無理。私にはできない。それに、私は普通に生きていきたいの」

「そのほうが無理だって。顔がすでに普通じゃないんだから。いい加減、開きなおれ、聖蘭。長所と短所は、一枚のコインの表と裏。ブスもひっくりかえせば、武器になる。ブスを隠すな、生かせ」

「言葉で言うのは簡単だけどさ」

「それにあんた、初対面の人と会うとき、いつもびくびくしてるだろ。でもテレビに出ちゃえば、一気に日本中に知られるから、日本人すべてがあんたの顔を一瞬で覚えるよ。そしたら、初対面の人が日本にいなくなるんだから、もうびくびくしないですむだろ。怖いのは最初だけだ」

「でも、そのまえに、私にお笑いの才能なんてないし」

「才能はある。その顔だけで笑いが取れるんだから。あんたがカメラ目線でラブリーなセリフを言うだけで笑えるし」

「そうかな」

「ためしに、おじさんに『なあに、坊や。お姉さんのこと、好きになっちゃったの？　しょうがない子ねえ』って色っぽく言ってみな」

「なんでそんなことしなきゃいけないのよ」

「いいから、やれよ。ためしに」

聖蘭は正和に向かって、マリリン・モンロー風に唇を突きだした。

「なあに、坊や。お姉さんのこと、好きになっちゃったの？　しょうがない子ねえ」

そう言って、投げキッスをした。すると、正和がぷーっと吹き出して、げらげら笑いだした。酔っ払っているせいもあるけれど。

「ほら、その顔が武器なんだよ。私がやってもダメ。聖蘭がその顔でやるから、笑えるんだ。聖蘭が、いないいないバーをやっただけで、みんな笑うんだよ。ほら、やってみ。手で顔を隠して、いないいないバーで、変顔して手を開くの」

いちおうやってみる。手で顔を隠して、「いないいないバー」と言って、白目のアイーン顔で手を開いた。

ミミと正和が腹を抱えて笑っていた。高らかな笑い声が家中に響き渡った。

ふと見ると、母まで笑っていた。ミミと正和の笑い声につられたせいもあるが、口元がゆるんでいた。

「なあに、お母さんまで笑って」

聖蘭は言った。久しぶりに母に向けて言った言葉だった。

いつ以来だろう。母の笑顔を見るのは。

その瞬間、人を笑わせる仕事もいいなと思った。笑わせようが、笑われようが、笑顔を生むのは同じだ。

そう、ブスを手段だと考えてみる。桜はそのピンクの花びらで人の気持ちを明るくするように、聖蘭はこの顔で人を笑顔にする。

こんなブスでも、誰かが笑ってくれるなら、何かの役に立っているのかもしれない。

お母さんが笑ってくれるなら。

「でもなあ、三十にもなって、一からはじめるってのもなあ」

「何かをはじめるのに、年齢は関係ない」

ミミはきっぱり言う。成功を予感しているような、自信に満ちあふれた顔だ。

ミミと一緒なら、やってもいい気がしてきた。ミミになら、ブスいじりされても、不思議と嫌じゃないし。

――あなたの人生を変えられるのは、あなただけです。

また、あの声が聞こえた。

誰？　分からない。でもその声が、私を励ましてくれている。勇気を出して前に踏み出せと、背中を押してくれている。

強くなれ、逆境に負けるな、と。

生きるのは怖い。でも、そこから逃げてはいけない。

どうせ最後は死ぬんだ。鬼が出るか蛇が出るか、やるだけやってみよう。

「ああ、もう分かったよ。くそっ。やるよ、やってやるよ。もうやけくそだ。なんでもかかってこい」

「よく言った、聖蘭。その意気だ。ようし、忙しくなるぞ。あんたのブス顔で、日本のお笑い界に殴り込みだ！」

第2話

仙波虎 18歳 無職

死因 転落死

遠山賢斗 11歳 小学生

死因 溺死

To a man who says "Who killed me,"
she plays a game betting on life and death.

1

仙波虎《せんばとら》は、余命一年の宣告を受けた。

末期の胃ガンである。下痢が続き、腹に刺すような痛みがくる。健康診断を受けてみたら、そういうことだった。

これまで病気らしい病気はしたことがない。持病はなく、薬も飲んでいない。いまだに衰えを知らない、筋肉質の老人である。若かりし日の回復力は失ったが、それも年齢のせいにしていた。あまりにも突然の余命宣告である。

手術も治療もしないつもりだった。医師の話では、化学療法をする場合、高額の費用がかかる。手術しても根治は難しく、抗ガン剤治療をすると、副作用で苦しんだあげく、入院生活を余儀なくされる。

若いならともかく、もうこの年だ。老いにも病にも逆らわない。

ただ、少しだけ寿命を延ばしたい。賢斗《けんと》が高校を卒業するまで、いや、中学卒業まででいい。それなら、あと四年。

ふん、気合だ、こんなもの。

医者の言うことは、あくまでもデータの平均値である。ガンは進行しなければ、現状維持のままだ。

そう気張ってはみるものの、最悪の事態は考えておかなければならない。

村民五百人の村で唯一の弁護士、野口英道《のぐちひでみち》が訪ねてきた。

「こんにちは」

ここは田舎だ。ノックもせず、野口は玄関から入ってくる。

野口は村の出身者である。国立大に進学して、司法試験に合格した。今は弁護士事務所をかまえている。事務所は県庁所在地にあるが、この村で法律問題が起こると、たいてい野口が呼ばれる。

「虎さん、ご無沙汰しています」

「これはこれは、野口先生。わざわざすみませんな」

「先生はやめてくださいよ。これまで通り、英道でいいです」

「そういうわけにはいかんじゃろ。今は弁護士先生なんじゃから」

「こっちは虎さんなんですから」

「わしはいいんじゃよ。村長はもう辞めたんじゃから」

虎は元村長だった。野口の父は、役場で働く公務員だったので、野口の息子として幼少のころから知っている。

少し世間話をした。野口の近況を聞いた。それから、

「それで、相談というのはなんですか？」

「ああ、実は相続のことなんじゃが――」

野口は神妙な面持ちで聞いていた。

「――ということは、虎さんの全財産を賢斗くんに譲りたいということですね。でも、なぜ急に？」

「わしは胃ガンじゃ。医者から余命一年と言われとる」

「そうなんですか」

「医者の言う通りになるつもりはないがな。だが、そうはいっても年寄りじゃ。いつお迎えが来てもいいように、身の回りは整理しておこうと思ってな」

「ちなみに、財産はいかほどあるんですか？」

「預貯金で二千万ほどじゃな」

虎は長く村長を務めた。現在は、小学五年生の遠山《とおやま》賢斗と二人で暮らしている。

村の外れ、小高い山の上にある小屋だ。虎の生家でもある。以前は村の中心部に家を借りていたが、村長を辞めて、この家に引っ込んだ。畑で野菜を作り、海で魚を獲り、ニワトリを飼って自給自足しているので、年金だけで暮らしていける。退職金などで二千万ほどの貯金があるが、手はつけていない。

虎は三十歳で、梅子《うめこ》と結婚した。長男・弦太《げんた》。次男・恒泰《つねやす》。梅子は亡くなり、二人の息子は東京で働いている。

一方で、妾《めかけ》の典子《のりこ》がいて、その連れ子が達明《たつあき》といった。達明が結婚して生まれた子供が賢斗である。だが、達明とその妻は交通事故で亡くなり、チャイルドシートに座っていた当時三歳の賢斗だけが生き残った。

虎は村長を辞めたあと、この生家で典子と暮らしていた。賢斗を引き取ったが、その後に典子も病死。それからは二人で暮らしている。虎と賢斗のあいだには血のつながりはない。典子と籍を入れていなかったため、戸籍上の関係もない。

「なるほど。それで二千万をすべて賢斗くんに譲りたいと。ちなみに、弦太と恒泰くんはどうなるんですか？」

「あいつらは村を出ていった人間じゃ。財産を残す必要はない」

「いや、虎さん。そういうわけにはいかないんですよ。法律上は遺留分といって、虎さんの意思にかかわらず、法定相続人には必ず認められる最低限度の取り分というものがあるんです」

野口の説明はこうだった。

虎が遺書を残さずに死んだら、遺産は法律上の二人の息子に相続される。弦太と恒泰に一千万ずつだ。戸籍上の関係のない賢斗には一円も渡らない。

仮に虎が「賢斗に全財産を相続させる」と遺書に書いても、虎が自由に決められるのは財産の半分だけ。この場合であれば、賢斗に一千万が相続され、残りは遺留分として二人の息子に五百万ずつ相続される。

たとえば夫が「ある宗教団体に全額寄付する」と遺言を残して死んだ場合、本当に全額寄付されてしまったら、残された妻と子供たちは路頭に迷うことになりかねない。そういう事態を避けるため、自分の財産とはいえ、自由に相続を決められるのは半分だけ、と法律で定められている。

「そうなのか。では、今わしが持っている全財産を、すべて賢斗名義にしてしまったらどうじゃ？」

「無理です。その場合、虎さんが賢斗くんに生前贈与した形になりますが、それでも弦太と恒泰くんから遺留分を請求されたら、賢斗くんには双方に五百万ずつ支払う義務が生じます」

ふと思い出した。野口と弦太は同い年で、村の小中学校で一緒だった。今でも連絡を取りあっているはずだ。

「あの、虎さん。差し出がましいようですが、いちおう確認しておきます。それは賢斗くんに全財産を譲りたいというより、弦太や恒泰くんにはびた一文《いちもん》譲りたくないという意味なのでしょうか」

「…………」

「ちなみに、虎さんが亡くなられた場合、賢斗くんはどうなるのですか。弦太か恒泰くんに、賢斗くんを引き取る意志があるのですか。それとも、児童養護施設のような場所に入ることになるのでしょうか」

虎が黙っていると、野口は小さく息をついた。

「私も弁護士になって、遺産相続のさまざまなトラブルを見てきました。特に問題になるのは、故人が相続人のなかで不公平になるような取り分を決めて、死後に家族間で訴訟になったり、絶縁したりする場合です」

野口は声を少し低くした。

「あまり好ましい方法ではありませんが、賢斗くんに全財産を譲ることも不可能ではありません。要は、財産を隠してしまえばいいんです。しかし、お勧めしませんね。必ずトラブルを招きます。公平なのが一番ですよ。虎さんと賢斗くんのあいだには戸籍上の関係はありませんが、事実上の孫とみなして、三人で等分するのが無難な気がします。それなら二人も納得するのではないでしょうか」

虎の妻、梅子が亡くなったのは、弦太が十五歳、恒泰が十二歳のときだ。

当時、虎は妻よりも妾の典子を優先していた。また、梅子の死後に典子との再婚をもくろんだことから、二人の息子に憎まれている。その感情的なしこりは、いまだに解消されていない。

息子二人は東京に出ていった。梅子の命日に墓参りに戻ってくるだけで、普段は連絡もよこさない。野口はそこらへんの事情も知っているはずだ。

「虎さんが賢斗くんを特に気にかける気持ちは分かります。ですが、虎さんが亡くなったあとの賢斗くんの処遇も含めて、弦太や恒泰くんと一度話しあってみたらどうですか。必要なら、私が同席してもかまいません」

野口は、ちらっと居間にある仏壇に目を向けた。そこには妻の梅子と、妾の典子の写真が置いてある。

「そういえば、そろそろ梅子さんの命日ですね」と野口は言った。


「起きろー！」

虎爺《じい》の大声で、遠山賢斗は目を覚ます。

虎爺が思いきり襖《ふすま》を開ける。きつい陽光が部屋に入ってくる。まぶしさで、一気に目が覚めた。時計を見る。まだ五時を回ったところだ。

「うらあ、いつまで寝とんのじゃ！」

「まだ五時だよぅ。今日は休みなんだから、もう少し寝かせてよぅ」

抗議もむなしく、毛布をはぎ取られた。ぐずって寝そべっていると、思いきり耳を引っぱられた。

「痛い痛い、耳がちぎれる」

「さっさと起きんか！」

虎爺の喝。殴りつけられるみたいに、鼓膜に響いた。

「布団をたため。寝巻きを着替えろ。顔を洗え」

虎爺の朝は早い。日が昇り、ニワトリが鳴くとともに目覚める。日の出は体感なので、くもりや雨の日はもっと眠っていられるが、今日は晴天である。

昨日まで三日間、どしゃぶりの雨が降り続いた。久しぶりの晴れだ。

賢斗は起きだして、布団を押し入れにしまった。タンクトップと半ズボンに着替えてから、顔を洗った。

「ようし、浜辺へ行くぞ！」

虎爺が叫ぶ。ラジカセと木刀二本を持っている。

賢斗が住んでいる家は、小高い山の上にある。少し歩くと崖があり、その下は海だ。海に行くには、ほぼ直角に感じられる急な石段を下りる。

崖の高さはおよそ五十メートル。石段は百五十三段ある。

二人は石段を下りた。海岸は岩場が多いが、わずかに砂浜が広がっている場所がある。その砂浜に立って、裸足《はだし》になった。今日は風が強く、波が高い。せりあがった高波が、ざっぷーんと音を立ててはねあがる。

虎爺はラジカセを岩場に置いて、大音量で再生ボタンを押した。テープに録音したラジオ体操が流れてくる。

「ラジオ体操をはじめるぞ！」
一、二、と大声を出しながら、虎爺は体操している。賢斗はげんなりした。起きて五分の体に、ラジオ体操はきつい。まぶたが落ちてくる。
「しゃきっとせえ、賢斗！」

「む〜り〜」

「無理じゃない」

「寝不足なんだよ、じいちゃん。子供はもっと寝ないとダメなんだよ」

「だったら早く寝ろ。いつまでもテレビを見とるから、寝不足になるんじゃ」

「レコーダー買ってよ。そしたら見たい番組は録画して、早く寝るから」

「いらん、そんなもん」

ラジオ体操が終わると、虎爺は木刀を投げてよこした。これから素振りがはじまる。百回×3セット。

「行くぞ、賢斗。一、二、三……」

虎爺は昔、剣道をやっていた。武士の家柄だという。

毎朝の素振りは欠かさない。これを幼少期からやっているので、年寄りとは思えないくらい筋肉質だ。同様に、これを幼少期からやらされている賢斗は、子供とは思えないくらい引き締まった肉体をしている。

木刀を振りあげ、振り下ろす。強く、速く。腕だけでなく、下半身をしっかり使う。

「びしっと振れい、賢斗。それでも侍か！」

「侍じゃないよ。普通の小学生だよ」

「いいや、おまえは侍じゃ。わしの家は先祖代々、武士の家柄で、かつては加藤清正《かとうきよまさ》につかえた武将じゃ」

「知らないよ、そんなこと」

「おまえは侍としての誇りを持ち、いつでも国のため、民のため、正義のために身命をなげうつ覚悟を持って――」

「あー、助けてくれえ」

百回終わると、休憩が入る。岩場に腰かけて、ぼんやりと空を見上げた。上空を鳥が羽を広げて飛んでいる。

「あ、トビだ」

「アホウ。あれはトビじゃない。ハヤブサじゃ。トビとはぜんぜんちがうじゃろ。くちばしのつけ根が黄色いし、翼の先がとがっておる。大きさもトビより小さいし、飛び方も飛ぶ速度もちがう。ようく見ろ」

「よく見えるな」

虎爺の視力は、左右ともに2・0以上。老眼ではあるが、かえって遠くのものはよく見えるようになったといつも言っている。賢斗も視力はいいが、トビとハヤブサの微妙な差異までは分からない。

「おまえはテレビの見すぎなんじゃ。だから目が悪くなるんじゃ」

「じいちゃんはなんでもテレビのせいにするんだから。俺の目が悪いのは、テレビの見すぎじゃなくて、新聞の読みすぎだよ」

「新聞はいくら読んでも、目は悪くならん」

「なるんだよ。あんな小さい文字を読んでるんだから」

五分休憩のあと、ふたたび木刀を持って、素振りをはじめた。

3セットをやり終えた。

「あー、疲れた」

「よし、家に戻るぞ」

百五十三段ある石段をのぼって、自宅に帰った。

「わしは朝飯を作るから、おまえは新聞を読んでおれ」

朝飯は虎爺が作る。炊飯ジャーはなく、かまどに火を焚くところからはじめるので時間がかかる。そのあいだ、賢斗は新聞を読むのが日課だ。

こんな限界集落の村の外れにある山の上にも、ちゃんと新聞は届けられる。新聞配達員がバイクで持ってくるのだ。その日の朝刊は、昼ごろに届く。だから今ある新聞は、正確には昨日のだ。

ただし、新聞には虎爺の検閲が入っている。子供には読ませたくない記事、特に週刊誌の広告だが、エッチな写真や卑猥《ひわい》な言葉が載っていたりするので、不適切なものは切り抜くか、黒塗りされている。

賢斗は居間に行った。卓袱台《ちゃぶだい》に、検閲済みの新聞が載っている。

朝早くに起こされて、無理やり体を動かしたあと、こむずかしい新聞を読むのはたまらなくだるい。

「なんで毎日、新聞を読まなきゃいけないんだよ、もう」

小声でつぶやいたのに、虎爺の地獄耳には入っていたようだ。間髪いれず、台所から声が返ってくる。

「毎朝、新聞を読んで世の中の出来事を知ることは、正しい国民の義務であり、民主主義の基礎である」

賢斗はため息をついた。

「新聞って、ぜんぜん面白くないんだよなあ」

「面白い、面白くないは関係ない。好きなこと、楽なことだけやっていたら、人間は堕落する。学校の勉強もそうじゃ。面白くなかろうが、役に立とうが立つまいが、そんなことは関係なく、やらなきゃいかんことだからやるんじゃ。いいも悪いも、好きも嫌いも、向き不向きも関係ない」

「でもさ、俺は学校の勉強はできるんだよ」

これは事実だ。全教科ほぼ百点。ケアレスミス以外は全問正解。

「うぬぼれるな。学校の勉強なんてのは、誰でもできるんじゃ。車の運転と同じ。誰でも運転できるように自動車メーカーが作っておるんじゃから、運転できて当然なんじゃ。学校の教科書も、誰でも理解できるように作ってあるんじゃから、できてあたりまえ。学校の勉強もできんような奴は、誰でもできることさえ、できるようになろうとしない怠け者じゃ。百点取ったって、自慢するようなことではないわ」

「はいはい、分かりましたよーだ」

「百メートルを九秒台で走れとは言っておらん。誰でもできることくらい、ちゃんとやれと言っておるだけじゃ」

虎爺と議論しても無駄だ。頭ごなしの持論が返ってくるだけ。

あくびをして、畳の上にあぐらをかいた。

新聞紙を広げる。本棚から国語辞典を取りだす。知らない言葉が出てきたら、必ず辞書を引く。調べた言葉には、蛍光ペンで印をつけておく。

一面に、イギリスでテロが起きたという記事。

「ああ、またヨーロッパでテロが起きたのか」

毎朝、虎爺が朝食を作っているあいだ、新聞を読むのが賢斗の日課だ。そして朝食を食べながら、虎爺が時事問題を出してくる。新聞をちゃんと読んで理解しているかを確認する、一問一答の問題だ。間違えると、新聞で作ったハリセンで頭を叩かれる。べつに痛くはないけれど。

月に二度、おこづかい検定試験が行われる。最近の出来事を対象に、知識と賢斗なりの見解を問う口述試験だ。ちゃんと答えると、五百円くれる。月に最大で千円。これ欲しさに、頑張って新聞を読んでいる。

辺鄙《へんぴ》な田舎村の、さらに外れにある小高い山の上。

今、この山に暮らしているのは、虎爺と賢斗だけだ。大昔、ここには集落があったそうだが、あまりの不便さにみな立ち去った。

家というか、掘《ほ》っ立《た》て小屋だ。虎爺が子供のころにすでにぼろかったというから、いつ建てられたのかも分からない。

村に唯一あった小学校は、廃校になった。賢斗は自転車に乗り、隣町の学校に通っている。虎爺は、昔は村長だったが、退職後にここに引っ込み、畑仕事とニワトリの世話、海に潜って魚や貝を獲る自給自足の生活を送っている。

電気は来るが、水道は来ない。かつては井戸から飲み水を取っていた。その井戸が涸《か》れてからは、虎爺がスクーターで山を下りて、湧き水をポリタンクに汲《く》んで運んでくる。生活用水には雨水も使う。ボットン便所の人糞《じんぷん》を肥料にして、野菜を育てる。風呂は五右衛《ごえ》門《もん》風呂。原始人みたいな生活だ。

「朝ごはんができたぞー」

玄米大盛り一杯、わかめの味噌汁《みそしる》、ベーコンと卵焼き、焼き魚一匹、生野菜に味噌をつけて食べる。

「ようし、今日はおこづかい検定試験の日じゃな」

虎爺は、うふふ、と嬉《うれ》しそうな顔を浮かべている。賢斗にとっては五百円がかかっているので、真剣だ。

主にこの二週間の出来事に関する問題だ。就職面接に近い。知識を聞かれるが、それ以上に自分の考えを問われる。

「まずは序の口。先週、G7サミットが開かれたな。どこで開かれたか、言ってみい」

「シチリア島でしょ。イタリア南部、地中海に浮かぶ島だよ」

「では、G7の国と、その国家元首を答えよ」

「じいちゃん、そんな問題は俺にはちょろいぜ。アメリカがトランプ大統領、ドイツはメルケル首相、イギリスはメイ首相、フランスはマクロン大統領、カナダはトルドー首相、イタリアはジェンティローニ首相、で、日本は安倍《あべ》」

「即答とはたいしたもんじゃな。では、G7ではどんなことが話しあわれた？」

「核開発を続ける北朝鮮には、世界各国で一致して制裁を強化していくこと。テロ対策で協力しあうこと。パリ協定をすみやかに実行に移すこと。自由貿易を推進して、保護主義や自国第一主義を牽制《けんせい》すること。このあたりでは大筋で合意したね。トランプはごちゃごちゃ文句言ってたけど」

「パリ協定とはなんぞや？」

「地球温暖化対策の基本的な枠組みだよ。百九十六の国と地域で、それぞれ自主的に温室効果ガスの削減目標を決めて、実行していこうってことだね。これまで積極的な取り組みを避けてきたアメリカと中国が入ったことに意味がある。でも結局、トランプは、自分の国の経済にとってマイナスになるからと言って、パリ協定から離脱した。それで世界中から非難されている」

「では、保護主義とはなんぞや？」

「自分の国の貿易赤字を減らすために、輸入に対して規制を設けたり、関税をかけたりすること。アメリカは慢性的な貿易赤字で、特に中国、日本、メキシコ、ドイツに対して赤字が多い。だからトランプは輸入に対して関税をかけるとか、為替操作国に認定して圧力をかけるとか言って脅してる」

「それについて、おまえはどう思う?」

「まあ、トランプの言い分も分からなくはないよ。赤字だったら、なんとかしようとするのは当然でしょ。問題はその手段なんだ。本当は自分の国で頑張って、対等な条件で中国や日本にも売れる商品を輸出して、赤字を減らせばいい。でもアメリカの製造業は、日本やドイツより技術的に劣っているし、中国やメキシコより人件費が高い。それでアメリカ製品はなかなか売れないんだよね。それで国内企業が潰れて、あるいは人件費の安い国に工場が移転して、失業が増える。そこに移民問題がからんでくる。メキシコから大量の移民が入ってきて、安い賃金で働くから、アメリカの白人が仕事を奪われてしまう。それで怒った白人労働者が、トランプに票を入れたんだよ」

張ったヤマが当たった。虎爺は元村長、政治が好きだ。G7サミットに問題が集中するのではないかと読み、傾向と対策を練っておいた。

「ちなみに、アメリカの景気自体は悪くないんだよ。安い賃金で働いてくれる移民が入ってくれれば、会社の経営者にとっては人件費が安くなって利益が増える。移民はアメリカで働いて、本国に残っている家族に仕送りできるし、それによって貧困から抜けだせる。会社にとっても移民にとってもいいし、アメリカ経済にとってもいいことなんだけど、白人労働者だけは仕事を奪われて損をする。

だから移民が入ってこられないように、メキシコとの国境に壁を造ったり、中国製品が入ってこられないように関税をかけようとしているんだけど、あまりにも強引で、国際社会のルールを無視しているから、あっちこっちで批判されている。スポーツでいえば、自分のチームが弱いからって、練習して強くなろうとしないで、政治力を使って自分のチームが有利になるように、スポーツのルール自体を変更しようとしているわけだから、反発されて当然だよね。で、トランプ政権ができてしばらく経つけど、選挙のときに掲げた公約はろくに進んでいない。

でもさ、じゃあトランプ政権はもうダメかというと、そんな簡単な話でもないんだ。やっぱりアメリカ社会の根底に、リーマンショックの恨みが残っているんだね。リーマンショックは、ウォール街のエリートたちの強欲が引き起こしたのに、その犯人たちはごく短期間で無傷で切り抜けたし、アメリカ政府もそれを助けた。まあ、政府からすれば、すみやかに金融機関を助けないと、日本の『失われた十年』みたいなことになるから、やむをえなかったのかもしれないけど。でもその代わり、責任問題はあいまいになった。結局、痛みは、リーマンショックを引き起こしたウォール街のエリートたちではなく、それによる混乱と不景気によって失業した普通の庶民、特に白人労働者に押しつけられたんだ。当の犯人たちは何の罰も受けなかったのに。

移民にしてもグローバリゼーションにしても、それによって利益を得るのはウォール街や大企業だけで、白人労働者ばかりひどい目にあっている。そういう人たちが、お金はないけど票の力で、トランプを支持しているんだ。トランプは問題発言も多いし、品位もないけど、そんなのは百も承知なんだよ。それでもトランプを支持するのは、トランプがウォール街や大企業の側の人間じゃないから。そういう奴らに媚びないし、献金ももらっていないと信じられているからなんだ。どんなに優秀で品位があっても、そっち側の人間はもうごめんなんだ。メディアはトランプを叩いているけど、それもウォール街や大企業が金にものを言わせてメディアを支配し、自分たちにとって不都合なトランプを葬り去ろうとしている、というふうに見ているんだよね。そういうふうに見られているかぎり、トランプへの支持は揺るがないと思うね」

賢斗は一気にまくしたてた。国際政治がもっとも得意なジャンルだ。米大統領選からの流れがしっかり頭に入っている。

虎爺は、驚きの混じった顔でうなずいた。

「ふむ。さすがはわしの孫。小五にしてはたいしたもんじゃな」

「へへっ。だって俺、毎日、新聞読んでるからね。で、じいちゃん、ほれ」

賢斗は手を開いて、おこづかいを催促した。

「まあ、ええじゃろ」

虎爺はがま口を開き、五百円玉を取りだした。賢斗の手の平に載せた。

「よっしゃ！」

ガッツポーズで、硬貨を握る。

「ねえ、じいちゃん。新聞もいいけど、ゲーム買ってよ」

「ゲームなら将棋盤があるじゃろ。将棋ならいつでも相手してやるぞ。わしに勝ったら五百円やる」

虎爺はプロ並みに強いので、絶対に勝てない。

「いや、将棋じゃなくて、テレビゲームだよ」

「いらん、そんなもん」

「これからはコンピューターの時代だよ。将棋だって、いまや名人よりＡＩのほうが強いんだから。俺、コンピューターの時代に乗り遅れちゃうよ」

「なにがＡＩだ。人類の英知にはかなわん。将棋が嫌なら、囲碁を買ってやる」

「プレステが欲しいんだよ」

「わがままばっかり言うな！」

「わがまま言ったって、一度もかなえられたことがないじゃないか！」

「うるさい！　さっさと飯を食え。食い終わったら掃除じゃ。今日はばあちゃんの命日じゃぞ。みんなが来るまえに、部屋を片づけておけ」

「あ、そうだ。今日は諒《りょう》ちゃんが来るんだった」

ばあちゃん、というのは、虎爺の妻、梅子のことだ。

虎爺には、梅子とのあいだに、弦太と恒泰という二人の息子がいる。諒《りょう》太郎《たろう》は恒泰の一人息子で、賢斗と同い年である。

梅子が亡くなったのは、賢斗が生まれるよりずっと昔だ。命日になると、息子たちが帰ってきて、墓参りをする。

山の上に墓地がある。以前ここに集落があったときは、死んだ人はみなその墓地に入っていた。梅子の墓もそこにある。集落は滅び、墓参りに来る人も減ったが、虎爺と賢斗でたまに掃除して墓守をしている。

虎は、亡き妻の墓石に向かって手を合わせた。

ふと思う。来年の命日を生きて迎えられるだろうか。

集まったのは、弦太、恒泰とその息子・諒太郎、虎の弟・丑男《うしお》、梅子の妹・丸高《まるたか》喜和子《きわこ》の五人。弦太には妻と二人の息子がいるが、今日は来ていない。恒泰の妻は病気で入院しているらしい。

虎と二人の息子のあいだには、今も強い確執が残っている。

梅子が死んで、もう三十年になる。まだ四十代だったが、長く熱が続き、肺炎をこじらせて突然死んだ。

当時、村長だった虎には遠山典子という妾がいた。

戦前生まれの虎と、戦後生まれの息子とでは、妾というものに対する倫理観が異なる。虎の世代からすると、村長という地位にあって甲斐性《かいしょう》さえあれば、妾くらいいても特に隠し立てすることでもなかった。しかし二人の息子の感覚からすれば、いやしい不倫であり、母に対する裏切りに他ならない。

当時の虎は、妻をないがしろにし、典子を優先していた。育児は妻にまかせ、虎は村長の仕事に全身全霊を注ぎつつ、その癒やしを典子に求めた。梅子が急死したときも、虎は妾宅《しょうたく》でくつろいでいた。

いま考えると、亡き妻や息子たちに申し訳ないという気持ちがなくはない。しかし当時の感覚では、罪悪感はなかった。育児は当然のごとく妻の仕事であり、虎は村政に没頭した。そもそもがお見合い結婚であり、所帯じみた妻に色気は感じなかった。典子に気持ちが傾いていたのは事実である。

梅子の三回忌《さんかいき》が過ぎ、虎は典子との結婚を考えた。これに二人の息子が反発した。周囲の反対もあり、典子と籍を入れることはあきらめた。二人の息子は、父に対する反発もあって、高校を卒業すると同時に村を出た。虎としては、どちらかが村に残って村長職を継いでくれることを願ったが、そのまま東京で仕事を持ち、所帯を持った。当時の確執は今も続いている。

弦太は、高校教師をしている。同じ高校教師の女性と結婚した。

恒泰は、中小企業の会社員。

丑男は、虎の五歳下の弟。同じ村に住んでいる。ずっと左官をやっていた。怠け者なので腕は悪いが、村長の弟ということで業者に取り入って、定年まで続けた。独身の飲んだくれ、競馬好きのろくでなしだ。

喜和子は、梅子の妹。昔、虎が世話をして、和菓子屋の息子と結婚した。旦那に先立たれたものの、現在は娘や孫と暮らしている。

墓石のまわりを弦太と恒泰が掃除して、線香に火をつけた。喜和子が持ってきた和菓子をお供えする。賢斗と諒太郎は並んで行儀よく立っていた。丑男は手伝いもせず、鼻をほじりながら、あくびをしている。

墓参りを終えて、虎の家へと戻った。

昼食は、村唯一の旅館に、人数分の懐石弁当を頼んであった。長方形の大きなテーブルを出し、七人分の弁当を置いた。虎が上座に座った。

丑男は座るなり、さっそく日本酒の瓶をつかみ、コップに注ぐ。丑男の目的はこれ。ただ酒にありつくために、毎年ここに来る。

昼食を食べながら、喜和子が言った。相手は恒泰だ。

「恒。妙《たえ》ちゃんは大丈夫なの?」

「ええ、もう平気です。まだしばらく入院が必要ですけど、お義母《かあ》さんも来てくれているので」

「そうなの。なんでもないといいんだけどねえ」

喜和子は、甥《おい》にあたる弦太や恒泰とも仲がいい。特に恒泰の妻、妙とはLINEをする仲だ。遠くに住んでいるので会うことは少ないけれど、毎年、命日には喜和子と妙の女同士でずっとしゃべっている。

丑男はさっそく酔っていた。

「実は俺も病気なんだよ、喜和子さん。肝臓の」

「あら、そう」

「酒の飲みすぎでね。医者から酒の飲みすぎはいかんぞう、って言われてる。ガハハ」

喜和子はあきれ顔で無視して、弦太に顔を向けた。

「弦のところの二人の息子は、もう大学生よね」

「はい。上の子は四年生で、来年卒業です」

「就職は決まったの？」

「文房具メーカーに内定をもらっています」

「よかったわね。下の子は、じゃあ大学二年生か」

「下の子は、私や妻と同じ教師を目指しているようです」

「へえ、なんかいいわねえ。親と同じ職業を目指すなんて」

丑男が言った。「いいなあ、大学生か。俺もあのころに戻りてえなあ」

「あんた、中卒でしょ」と喜和子が言う。

「ああ、そうだった。俺、大学行ってなかったわ、ガハハ」

「まったく、この人は」

「最近、年を取ったからかなあ。現実と妄想の区別がつかなくなってきた」

「年のせいじゃなくて、昼間から飲んだくれてるからでしょ」

「喜和子ちゃん、俺と結婚して」

「誰があんたなんかと。ちょっと、水を飲むみたいに、お酒を飲まないの！」

喜和子が日本酒の瓶を引っ込めた。

「ああ、そんな殺生《せっしょう》な。こんなめでたい日くらい、好きなだけ飲ませてよ」

「めでたくないわ。お姉さんが亡くなった日なのに」

喜和子は長年、和菓子屋で働いていた。客商売をしていたので、誰とでも気さくに話ができる。正直な気持ちとして、ここに喜和子がいてくれて助かっている。虎と二人の息子だけだと、会話もなく、息が詰まるだけだ。

賢斗と諒太郎は並んで弁当を食べている。普段はちょこまかしている賢斗も、今このときは大人しい。大人慣れしていないこともあるが、それ以上に、この親類に対して遠慮がある。ここにいる人間は、何らかの形で梅子と関係があるが、賢斗だけは部外者だ。それどころか妾の孫にあたる。梅子の命日に、自分が目立ってはいけないという理解が子供ながらにある。

賢斗は弁当を食べ終えた。諒太郎が食べ終えるのを待って、

「諒ちゃん。外に遊びに行こうぜ」

「う、うん」

二人は外に出ていった。

同い年で、背格好も同じだが、大自然のなかで暮らしている賢斗と、都会育ちの諒太郎とでは、やはり顔つきがちがう。賢斗は動きが機敏で、表情も豊かだが、諒太郎はのろのろしていて覇気がない。

昼食がすみ、弦太が席を立った。厠《かわや》に入っていった。居間では恒泰と喜和子と丑男が話し込んでいる。

虎も席を立った。弦太が厠から出てきたところで声をかけた。

「弦太、ちょっとよいか?」

「は?」

弦太は眉をひそめ、虎をにらんだ。その目に、父に対する敬意はない。家を出ていった十八歳のまま、変わらぬ反抗的な目つきだった。

「なんだよ」弦太はむっとして言う。

「外で」

虎は先に外に出た。丑男たちには聞かれたくない話だ。居間に声が届かない場所まで歩いた。足を止め、弦太に振り向いた。

「おまえに折り入って、頼みがある」

「俺に？」

「賢斗をおまえのところで引き取ってくれないか？」

弦太の二人の息子は、家を出て一人暮らししている。今は妻と二人きりで生活しているはずだ。

「もちろん、わしが死んだあとじゃ。だが、遠い話ではない。わしは余命一年の宣告を受けた。胃ガンじゃ」

弦太は無表情だった。ぴくりとも表情を変えない。

「賢斗には身寄りがない。わしが死んだら、一人じゃ。わしの遺産はそっくり渡す。それで大学までの費用には足りるじゃろう。どうか、賢斗が大学を卒業するまで、おまえのところで面倒を見てやってくれ」

虎は、地面に両ひざをついた。

「おまえがわしを憎んでいるのは知っておる。また、憎まれても仕方ないことをしたという自覚もある。そのことは謝る。この通りじゃ」

　弦太に向かって土下座した。

「おまえしか頼れるものがおらんのじゃ。どうか頼む。賢斗のことを引き受けてくれないか」

「断る」弦太はにべもなく言った。「俺と賢斗のあいだには、何の関係もない。赤の他人、あんたの妾の連れ子の子供だ」

「分かっておる。だが、賢斗に罪はない」

「俺にも義理はない」

「わしの、父の最期の願いを聞いてはくれんのか？」

「父？　笑わせるな。俺はあんたを父と思っていない」

　梅子が急死したとき、虎は妾宅にいた。危篤になり、村長の秘書をやっていた人間が虎の居場所を探して、やっと連絡がついた。慌てて病院に駆けつけたときには、梅子は息を引き取っていた。そのとき母の遺体のそばで、遅れてきた父に対して、十五歳の弦太が向けた表情が、今そこにあった。

「余命一年か。あんたも年貢《ねんぐ》の納めどきってわけだ。これでおふくろも浮かばれる。俺はもう帰る」

「待ってくれ、弦太」

「今日はおふくろに会いに来たんだ。あんたに会いに来たわけじゃない。墓参りが終わったら、もう用はない」

弦太は、地面にひざをついている虎を残して、戻っていった。


「いいなあ、諒ちゃんちは。テレビは見放題、ゲームはやり放題。お菓子も食べ放題。それに犬も飼ってるし」

聞けば、諒太郎の家では、テレビもゲームも制限はないらしい。お菓子はいつも棚に置いてある。おまけにヨークシャーテリアを飼っている。

「うちなんか、九時消灯だから、テレビも九時までなんだよ。ゲーム機は買ってもらえないし。毎朝、新聞読まなきゃいけないし」

「新聞？」

「やっぱり諒ちゃんちも、子供は新聞を読まなくていいの？」

「うん、読んでない」

「そうなんだ。やっぱりうちは特殊なんだよ、絶対」

賢斗は、どの家庭も必ず新聞を取っていて、子供は毎朝、読まなければならないものだと思っていた。虎爺が国民の義務と言っていたからだ。しかし、そんな家はめったにないことを最近知った。賢斗の学校の生徒全員に聞いたが、毎朝、新聞を読んでいる子供は一人もいなかった。

「いいなあ。俺も諒ちゃんちの子供になりたいなあ。お菓子も食べられるし。俺なんて、じいちゃんが作る芋けんぴと、喜和子おばさんが持ってきてくれる和菓子しか食べたことない。ミルフィーユとか食べてみたい」

新聞を読んでいるので、今、東京で何が流行《はや》っているのかは知っている。でも、実際にこの目で見たことはない。

「やっぱり東京に行かなきゃダメだ。世の中に置いていかれる」

最近、坂本龍馬《さかもとりょうま》が脱藩した気持ちがよく分かる。世の中で起こっていることは、新聞を通して知っている。しかしこんな日本の外れにある田舎では、何の変化も起きない。このままでは時代に取り残されてしまう。

賢斗と諒太郎は、自宅から少し離れた空き家の縁側にいた。

表札に「輪島《わじま》」とあるから、昔は輪島さんが住んでいたのだと思う。しかし集落が滅んで、すべて空き家になった。多くは自然に倒壊したり、虎爺が壊して薪にしたりしたが、この輪島の家だけは造りがよく、そのままの形で残っている。

諒太郎と会うのは、毎年の梅子の命日だけだ。家は大人でいっぱいなので、いつも諒太郎とこっちに逃げてくる。

賢斗は大人が苦手だった。特に丑男は嫌い。また、なんとなく自分がそこにいてはいけない空気を感じている。

諒太郎は都会の子で、大人しい。しかし今日はいつも以上に元気がない。たぶん母親が入院しているからだろう。

「諒ちゃんって、東京のどこに住んでるんだっけ？」

「一番近いのは両国駅《りょうごく》」

「両国か。お相撲さんの町だな。稀勢の里《きせのさと》って見たことある？」

「キセノサトって誰？」

「えー、知らないの？　横綱《よこづな》だよ。横綱は今、四人いるけど、稀勢の里以外はみんなモンゴル人で、久しぶりの日本人横綱なんだ」

「よく知ってるね」

「新聞読んでるからね」

「俺、相撲はぜんぜん知らないから。力士はよく見るけど、横綱クラスの人はそこらへんを歩いたりはしてないと思うよ」

「そりゃそうだな。両国っていったら、浅草に近いよね。諒ちゃんちからスカイツリーは見える？」

「見える」

「だよね。六百三十四メートルもあるんだから、そりゃ見えるよな。電波塔としては世界一高いんだ。ちなみに二位はサウジアラビアのアブラージュ・アル・ベイト・タワーズの六百一メートル。東京タワーは三百三十三メートルで、エッフェル塔は三百二十四メートル。富士山《ふじさん》は三千七百七十六メートルだっけ」

「よく知ってるね」

「新聞読んでるからね。知識だけはあるんだよな。でも、この目で見たことはない」

賢斗はあくびをした。少し眠い。

昨日は夜遅くまで起きていた。九時以降はテレビを見られないので、布団にもぐって眠ったふりをしながら、耳にイヤホンをして、ラジカセでテレビ放送を聞くのだ。映像はないので、音声だけを頼りに頭の中で想像する。

夜十一時まで起きていて、朝五時に起こされたので、かなり眠い。

「賢斗ー!」

遠くから大きな声が聞こえた。弦太の声だ。

「弦太おじさんだ。なんだろう?」

賢斗は諒太郎を残し、走って家に戻った。弦太は玄関の外に出ていた。

「おじさん、なに?」

「おまえにこれをやるよ」

紙袋を渡された。なかに新品の服と運動靴が入っていた。

「うわー、新品だ。すげえ。俺にくれるの？」

「ああ」

「今、着ていい？」

「いいよ」

賢斗はボロ靴を脱ぎ捨て、タンクトップと半ズボンも脱いだ。ブリーフパンツと靴下だけの姿になった。賢斗の靴下は、大きな穴があいている。左右ともに親指と人差し指が完全に出ている。

弦太は言った。「なんだ、靴下に穴があいてるじゃないか」

「うん、穴のあいてない靴下がないからね」

「じいちゃんに買ってもらえないのか？」

「穴があいても、まだ履けるからって。ボロは着てても心は錦《にしき》。武士は食わねど高楊枝《たかようじ》。それがじいちゃんの座右の銘だから」

「しょうがねえジジイだな」

紙袋に入っているTシャツとハーフパンツを身につけた。それから運動靴を履き、靴紐《くつひも》をぎゅっと締めた。着替えると、タンクトップの貧しい田舎少年が、東京の人みたいになった。サイズはかなり大きめだが（長く着られるようにだろう）、このだぼっとした感じが都会っぽい。

白のTシャツには、胸にライオンが描かれている。茶色のハーフパンツ。黄色の運動靴は羽が生えたように軽いのに、足の底がしっかり地面をつかむ。

実はひそかに恥ずかしかった。諒太郎の前で、着古したタンクトップに半ズボン、穴のあいた靴下という田舎者丸出しのかっこうでいることが。

「おお、すげえかっこいい。でもいいの？　俺だけもらっちゃって。諒ちゃんのは？」

「諒太郎は服をたくさん持ってるだろ」

「ああ。まあ、そうだね」

弦太と虎爺が険悪なのは、賢斗も知っている。虎爺を見るときの弦太の目に殺気があって、ぞっとするときがある。怖いおじさん、というのが賢斗の印象だ。プレゼントをもらったのは初めてで、とまどってしまった。

「じゃあな」と弦太は言った。

「えっ。おじさん、もう帰っちゃうの？」

「ああ」

弦太は賢斗に背を向けて、帰っていった。

弦太が見えなくなってから、新しい運動靴で思いきり飛びはねてみる。家のまわりを全力で走ってみた。

「うおおお、めっちゃ速い！」

足が数段速くなったように感じた。賢斗は、ボロ靴で走っても、学校で一番足が速い。これなら次の運動会はぶっちぎりだ。

虎爺が縁側から顔を出した。

「なんじゃ、そのカッコは?」

「あ、じいちゃん。これ見て。弦太おじさんからもらった」

「弦太が?」

恒泰、喜和子、丑男も賢斗のほうを見ていた。賢斗はそのまま全力疾走で、諒太郎のいる空き家に戻った。

諒太郎は言った。「どうしたの、その服?」

「弦太おじさんにもらった。なんか、諒ちゃんみたいなカッコだよね」

諒太郎も白のTシャツ(胸に英語の文字がプリントされている)に、茶色のハーフパンツをはいている。靴は黒のスニーカー。

なんだか兄弟みたいな感じがして、気恥ずかしい。

「おう、賢斗、ここにいたのか?」

家の陰からすっと、人影が忍び寄る。丑男だった。にやにやした顔で近づいてきて、賢斗の隣に座った。酒の匂いがする。

「酒くさっ」

「おお、悪い悪い。ちと飲みすぎたな」

賢斗は丑男が好きではない。虎爺の弟だが、怠け者で、酒癖が悪い。終生、独り身。白髪にフケが多く、体もくさい。虎爺とちがって身ぎれいではない。いつも虎爺が「ダメな大人の見本」と言っている。

「賢斗、おまえに話があるんだよ」と丑男は言った。

「俺に？」

「おい、諒太郎。おまえはあっちに行ってろ。しっ、しっ」

ハエでも払うように、諒太郎を手で払った。諒太郎も丑男が好きではない。のろのろとその場を離れていった。

「賢斗、おまえに言っておかなきゃならんことがあるんだ」

嫌な予感がした。

丑男はよく告げ口してくる。「おまえも大きくなったから話しておくか」などと言って、にやにやしながら、いろんなことを賢斗の耳に吹き込んでくる。

たとえば、梅子と典子の関係、虎爺と二人の息子との確執といった事情は、すべて丑男から聞いた。だから賢斗は、虎爺とも、弦太や恒泰や喜和子とも、血縁がないことを知っている。それで差別されたことはないが、なんとなくよそ者意識はあり、だから梅子の命日には目立たないようにしている。

丑男は、賢斗の肩に腕を回した。

「なあ、賢斗。心して聞けよ。虎はもうじき死ぬんだよ」

「なに言ってんの？　おっちゃん」

「嘘じゃない。俺は聞いたんだ。このあいだ、野口先生が村に来たんだよ。野口先生は知ってるよな」

「弁護士でしょ」

「そう。その野口先生がおまえの家に入っていった。虎と話をするのを、俺はこっそり聞いたんだ」

「なんでおっちゃんがそんなこと知ってんの？」

「たまたまスクーターで走ってたら、野口先生の車が見えたんだよ。なんだろうと思って追いかけていったら、この山に登っていってな、おまえの家に入っていった。それで盗み聞きしたんだ」

丑男はにやにや笑っていた。

「虎の奴な、胃ガンで余命一年だと。もう助からんらしいわ。それでな、自分が死んだあと、おまえをどうするか、野口先生に相談しとったわ」

「嘘つくなよ、おっちゃん。じいちゃんが死ぬわけないじゃん。あんなに元気なのに」

「アホか、おまえは。ガンというのは、そういうもんだ。自覚なく進行して、気づいたときには手遅れなんだ。虎ももう七十八だ。昔は煙草《たばこ》を吸っていたし、俺より大酒飲みだったんだからな」

虎爺は、毎日木刀を三百回振り、畑仕事もするし、銛《もり》を持って海に潜りもする。老人とは思えない活動量で、病人には見えない。だが実際、ガンというのは一見して健康そうな人の身に突然起こるものである。

「それでな、おまえはうちの誰とも血がつながっていないからな、厄介者だ。弦太が虎を嫌っているのは、おまえも知ってるだろ。虎の妾の連れ子の子供なんか、引き取る筋合いじゃないわな。恒泰には諒太郎がいるし、安月給だから、おまえを引き取る余裕はない。喜和子ちゃんだって、今は娘の家に厄介になっている。みんな、おまえを引き取るのは迷惑なんだ。それで野口先生に相談しとったわけよ」

丑男は、賢斗の顔をなめるように見た。

「おまえが行くとしたら、孤児院だろ。でも、そういうところは大変だぞ。メシはまずいし、悪ガキがおってな、おまえなんかめちゃくちゃに殴られて、殺されてしまうぞ。あるいはマフィアに売られて、内臓を取られて殺されるんだ。分かるか、賢斗。臓器売買といってな、心臓も肝臓も腎臓もぜんぶ売られるんだよ」

新聞で読んだことがある。中国の貧しい地域では、子供が誘拐されて人身売買が行われる。殺されて臓器を摘出され、金持ちの病人に移植されることもあるらしい。日本でもそういうことがあるのだろうか。

賢斗がぞっとした顔をすると、丑男はにかっと笑った。前歯がなかった。

「でもな、賢斗。安心せえ。虎が死んだら、俺が引き取ってやるからな」

「おっちゃんが?」

「ああ、うちは楽しいぞ。テレビは好きなだけ見ていい。ゲーム機も買ってやる。他に欲しいものがあったら、なんでも言ってみい。ぜんぶ買ったるわ。だから賢斗、虎にこう言うんだぞ。虎が死んだら、丑男のおっちゃんのところに行きたいって。弦太も恒泰も喜和子ちゃんも、おまえに来られたら迷惑なんだ。俺は独り身だから、おまえが来たって平気だ。ちゃんと年金ももらってる。だから丑男のおっちゃんのところに行きたいと、そう言うんだ。いいな」

丑男は賢斗の頭を乱暴になでてから、立ちあがった。

「じゃあ、俺は戻るからな。虎が死んだときのことを、ようく考えておけ。他のところに行って肩身の狭い思いをするより、俺のところに来るのが一番いいんだ。なにかあったら、俺がいつでも相談に乗ってやるからな」

丑男は家に戻っていった。

賢斗はぼんやり座っていた。

途中から丑男の言うことが頭に入ってこなかった。虎爺が死ぬと言われても、まるで実感がわかない。

「……じいちゃんが、死ぬ?」

賢斗はしばらく放心していた。

虎爺が死ぬ? あんなに元気なのに……。

虎爺が死んだら、という想像をしたことはある。だが、あくまで想像だ。現実的なこととして考えたことはなかった。

死の予兆などなかった。持病もなく、薬も飲んでいない。いつか虎爺が死ぬとしても、もっと先のことだと思っていた。

虎爺が死ねば、賢斗はみなしごになる。親を亡くしたり、虐待などで親から引き離された子供は、いつだか新聞で読んだかぎりでは、児童養護施設と呼ばれる場所に入るか、里親夫婦に引き取られる。八割は前者だという。

自分とも無関係ではない記事だったので、よく読んでおいた。しかし実際に児童養護施設がどういうところかは知らない。

「あと一年……、まさか」

本当だろうか。丑男は平気で嘘をつく人間だ。虎爺も、丑男の言うことは信じるなといつも言っているが。

空き家の縁側に座って考え込んでいると、ぽつぽつと雨が降ってきた。いつのまにか雨雲が上空を覆っている。

「あれ、諒ちゃんはどこに行ったんだ？」

丑男に追い払われたあと、諒太郎の姿が見えなかった。

縁側の上に立って周囲を見渡すと、遠くのほうに諒太郎の姿が見えた。ふらふらと向こうまで歩いていってしまったようだ。何かを見つけたようで、こちらに背を向けたまま、ずっと立ち尽くしている。

「諒ちゃーん、そっちは危ないよー！」

向こうは森だ。虎爺や賢斗も普段はそっちに行かない。スズメバチが巣を作っていて危険なのだ。

大声で叫んでも、諒太郎には聞こえていない。

雨足が強くなってきた。賢斗は縁側から飛び下りて、地面に着地した。

「おおい、諒ちゃーん。そっちはダメだー！」

諒太郎のところに走った。

空き家から向こうは、人が住んでいないため、草が伸び放題に生えている。草を踏み分けて、走った。昨日まで降った雨のせいで、地面はまだぬかるんでいる。新品の運動靴が汚れるのは嫌だったので、なるべく泥がはねないように気をつけた。

すると突然、
足元の地面がなくなった。自分の体が落下していく。

「うわあ」

賢斗は瞬間、目をつぶった。

どれくらい落下したか分からない。何かにつかまろうとするが、落下のスピードのほうが圧倒的に速い。

ドボン、と水の中に落ちた。冷たい。

「うわっ、なんだ？」

目を開けた。それなのに真っ暗だった。

分かるのは、水中に落ちたこと。その水が冷たいこと。足がつかないこと。

賢斗は、泳ぎは得意だ。しかし突然のことで慌てた。いきなり冷水に浸《つ》かって体が凍えたこともあり、溺れた。

真っ暗だ。何も見えない。見えないのは、ここが暗闇だからか、それとも何らかの理由で目の機能が失われたからなのか、それも分からない。

水がひどく冷たい。一気に体温を奪われる。

寒い。体の感覚が失われていく。

いったい何が起きた？

手足をばたばたさせるが、手は空を切り、足は地につかない。水の冷たさで、次第に動きが鈍くなる。

寒い。すごく寒い。ヤバい。

どうして？　じいちゃん、助けて……。じいちゃん……。

賢斗の意識は落ちた——


ぽつぽつと雨が落ちてきた。

虎は、喜和子に土産を持たせようと、ニワトリ小屋から卵を持ってきた。弦太は帰り、居間では恒泰と喜和子が話をしていた。丑男はふらっと外に出ていたが、また戻って、酒をちびちび飲んでいる。

虎は言った。

「丑男。いつまで飲んでおるんじゃ。おまえはさっさと帰れ」

「そんなつれないこと言うなよ。この世に残されたたった二人の兄弟じゃねえか」

雨は次第に本降りになってきた。風も強くなってくる。

いつのまにか空を雨雲が覆っていた。

「賢斗と諒太郎はどこに行ったんじゃ。雨が降ってきておるのに」

しばらくして、諒太郎が一人で戻ってきた。雨のせいで服と髪がぬれている。

「おお、諒太郎。雨でぬれとるじゃないか。早くうちに入れ。賢斗はどうした?」

「知らない。丑男のおっちゃんに賢斗くんと話があるから、あっちに行ってろって言われて、戻ってみたらいなかった」

虎は丑男に言った。「丑男。賢斗はどうした?」

「い、いや、俺は知らねえよ。向こうの空き家にいたけど」

「賢斗に話って、何の話じゃ?」

「いや、最近、学校はどうだって話しただけだよ」

「それで?」

「だから知らないって。俺は一人でこっちに戻ってきたんだ」

「空き家って、輪島さんのところか?」

「うん、そう」

虎はサンダルを履き、傘を取った。

「ちょっと見てくる」

「あ、俺も行くよ」と丑男が席を立った。

「俺も」

恒泰も立つ。諒太郎も父のあとをついてくる。

喜和子を残して、四人で家を出た。「輪島」の空き家に向かった。

だが、誰もいない。

「賢斗ーっ！」

大声で呼んでも、返事はない。

空き家周辺は、草が伸び放題だ。人が住まなくなって久しい。

「わしは畑を見てくる」

「俺は森のほうを見てくるよ」と恒泰が言った。

二手に分かれた。虎と丑男で畑のほうに行き、恒泰と諒太郎で森のほうを見てくることになった。恒泰らと別れ、畑に向かった。

虎が先を歩き、丑男がついてくる。

雨足が強くなってくる。いよいよ本降りだ。

「あー、気持ちわるう。飲みすぎたなあ」

丑男の足元がふらついていた。あくびをして、途中で歩くのをやめ、木陰に腰を下ろした。虎は丑男を置いて、かまわず先を歩いた。

畑まで来てみたが、賢斗の姿は見当たらない。

不安になってくる。弦太から新品の服と靴をもらい、はしゃいで走り回っているうちに怪我《けが》でもしたのだろうか。

「海のほうを見てくるか」

歩いて、崖に向かった。雨だけでなく、風も強くなってくる。崖から海を見下ろすと、波がかなり高かった。これから天気は荒れるかもしれない。

崖沿いを、賢斗の名を呼びながら歩いた。

急に腹に痛みがさした。文字通り、ナイフで刺されたような痛みだった。末期の胃ガンであることを思い知らされる。

その場にうずくまった。しばらく動けなかった。五分ほど痛みに耐えながら、じっとしていた。

痛みが引くのを待ち、ふたたび歩きだす。

後ろから丑男が追いついてきた。二人で並んで歩いた。

「ん、あれ」と丑男が言う。「兄貴。あれ、なんだ?」

丑男が、崖の下の波打ち際を指さした。ちょうど岩場があり、押し寄せる波がぶつかって、波しぶきをあげている。

見ると、その岩場に乗っかる形で、子供がうつ伏せに倒れていた。

「賢斗！　あやつ、なんであんなところに」

賢斗が岩場に倒れていた。何かをつかもうとしているみたいに、右腕を伸ばしている。波しぶきがかかって、全身がぬれていた。

なぜか裸足だった。靴も靴下も履いていない。

靴と靴下を脱いで、浜辺でカニでも探していたのか。それで高波に飲み込まれた可能性もある。

「おい、丑男」

「な、な、なに？」

「おまえは家に戻って、電話で救急車を呼んでこい」

「え、あ、あ、うん、わ、分かった」

丑男は泡を食ったように、家のほうに走っていった。

虎は傘を捨てた。崖から浜辺へと下りる石段に向かった。

一歩目で転んだ。年寄りなので、急に走りだすと、足がからまってしまう。顔面をしたたか打った。しかし痛いなどと言っていられない。

虎は立ちあがり、駆けた。

百五十三段ある石段を下りる。体感では直角に感じられるほどの急な階段だ。雨で石段がぬれている。

すべらないように気をつけて、石段を一段ずつ下りていく。

でもつい、気が急《せ》いてしまう。

生きているのか、賢斗。なんだってこんな波の高いときに、海になんて……。

そのとき、何かに背中を押された。

その力で体が前傾になり、足を石段からすべらせた。

前のめりで倒れて、まず顔面をぶつけた。強い痛みが走る。それから自分の体が、ものすごいスピードで石段を転がり落ちていくのが分かった。ガツ、ガツと、体がどこかにぶつかるたびに、尋常でない痛みが走った。

前後左右も分からなくなった。体が一つの塊になって落ちていく感じだった。

頭を強く打った。瞬間、くらっとした。

転落が終わり、砂浜に落ちた。止まった瞬間だけ、砂に優しく受け止められた。

「賢斗……、賢斗……」

視界がゆがんでいる。

賢斗が倒れている岩場に向かおうとするが、体が動かない。

なにか液体が垂れてきて、目に入った。生臭い。血だ。

頭がくらくらする。あちこち痛くて、痛みが拡散していく。

賢斗……、賢斗……。

賢斗を助けなければ……。賢斗さえ助かるなら、わしはどうなってもいい。

賢斗だけは……。わしの命と引きかえに、賢斗だけは……。

虎の意識は落ちた——

2

　虎は目を開けると、硬い椅子に座らされている。

　椅子の背もたれに沿って、背筋をぴんと張っている。幼いころ、軍人の父から教育勅語を聞かされるとき、背筋を伸ばして正座させられたのを思い出した。

　白い部屋にいる。床も壁も天井も白なので、境目が分かりづらい。異次元空間にいるような錯覚を覚える。

　宮殿のごとく、静粛な空間だ。空気が動かず、物音もしない。時間も止まっているように感じられる。

　ふと左隣を見ると、賢斗がいた。賢斗も行儀よく座っている。

「賢斗」

　賢斗も驚いた顔で、右隣を見た。「あ、じいちゃん」

「おまえ、なんでこんなところにおるんじゃ？」

「分からないよ。気づいたら、ここにいたんだもん。ここはどこ？」

「わしも分からん。ここはどこじゃ」

　ふと気づいた。体が動かない。金縛りのごとく、手足が固定されている。首より下はいっさい動かない。

「なぜだ。なぜ体が動かない？」

「あ、本当だ。動かない」

賢斗も動こうとするが、表情に力が入るだけで動かない。

「なんじゃ、ここは？」

目の前に少女がいる。

艶《つや》のある黒髪のショートカット。白く透き通るようなうなじは、ゆるい曲線を描いて肩に伸びている。デスクに向かって何かを書き込んでいた。背を向けているので顔は見えないが、後ろ姿から高貴な雰囲気をただよわせている。

「あー、ぜんぜん片づかないな。もっと回転率を上げないと。パッパッパッパッと流していこう」

少女は書き終えた紙にスタンプを押し、「済」と書かれたファイルボックスに放った。

回転椅子を回して振り向く。

はっとさせられる美少女だった。顔の造りが完璧で、特に目が輝いている。意志をはっきり持った現代女性という感じがした。高い鼻と鋭利なあごが、感性の鋭さを物語っている。男に媚びない女性の気品を感じさせる。プライドは高そうだが、それを裏づけるだけの能力を持った女性という印象を受けた。

「あ、珍しい。つがいなんて」

少女は四葉のクローバーを見つけたみたいに微笑《ほほえ》んだ。

「たまにあるんですよね。心中とか、家族が事故で同時に死んだような場合に。死の間際にお互いに強く想いあっていると、死後に魂同士がくっついて、一緒に運ばれてきてしまうんです」

十代後半くらいか。しかし年齢に関係なく、神々《こうごう》しい。貴族の血を引いているのか、遺伝子レベルで輝いている。楊貴妃《ようきひ》や小野小町《おののこまち》のような、歴史的美女と並んでも遜色《そんしょく》ない美しさをそなえている。

白のニットシャツに、紺のミニスカート。細長い生足の先に、オレンジのスニーカー。左耳にウサギのイヤリングが揺れている。

だが、なにより目につくのは、少女がはおっている真っ赤なマントだった。華奢《きゃしゃ》な少女には大きすぎるし、それ以上にその赤色が生き血を連想させる。虎は、かつての戦争を思い出した。空襲で四肢が飛びちった死体を見たことがある。

「閻魔堂へようこそ」と少女は言った。「仙波虎さんと遠山賢斗くんですね」

「ああ、そうじゃが」

「ふむ、なるほど」

少女はタブレット型パソコンを持ち、視線を落としている。

「まずは仙波虎さんから。あなたは父・仙波明夫《あきお》、母・シズのもとに生まれた。父は帝国海軍の軍人で、太平洋戦争で戦死。夫を亡くしたシズは、叔父を頼って生計を立てる。あなたは叔父の庇護《ひご》を受けながら、高校卒業後、石油会社に勤めるも、自分の育った村が高度成長の波に乗り遅れ、また村民たちが農業と出稼ぎであくせく働くにもかかわらず、暮らしがいっこうに豊かにならない現状を憂い、一念発起して村長選に出馬する。以後、三十年以上にわたって村長職に就いた」

「そうじゃ。よく知っておるな」

「あなたは滅私奉公して働くも、村には名産も観光資源もなく、過疎化は止まらない。村を出る若者を引き止める術はなく、在職中に村民は三分の一に減少。現在は六十五歳以上が七割という超高齢村になってしまった。村の合併を機に、あなたは村長を引退し、生まれ育った生家に引っ込んだ」

「ああ、村にたいした貢献はできんかった」

「叔父の計らいで、梅子と見合い結婚。弦太と恒泰をもうける。だが、あなたは仕事人間で、育児は妻まかせ。しかも遠山典子という美しい女性と出会い、これを妾とする。あなたはこの時期、妻子をおざなりにして、典子との恋情にのめり込みました。あなたのすねに傷があるとすれば、この時期ですね。そのことで二人の息子、特に弦太とのあいだには強い確執が残っている」

「わしの不徳のいたすところじゃ」

「梅子の死後、典子との再婚をもくろむも、二人の息子に反対されて断念。しかし典子との関係は続け、その連れ子、達明のことも我が子同然に接する。二人の息子はやがて村を出ていった。あなたは村長を引退後、典子と暮らした。達明も上京して結婚し、賢斗を授かる。しかし賢斗が三歳のとき、達明夫婦は交通事故で死亡。あなたと典子が賢斗を引き取ったが、その後に典子も死亡。今は賢斗くんと二人で暮らしている仙波虎さんでよろしいですね」

「おおむねそんなところじゃ」

「続いて、賢斗くん。父・遠山達明、母・真菜《まな》のもとに生まれる。三歳のとき、両親は交通事故で死亡。虎のもとに引き取られる。すこやかな心と頑丈な肉体を持ち、毎日三百回の素振りと新聞熟読を欠かさない。活発でやんちゃだけど、虎さんの手伝いをよくやり、テレビもゲームも我慢できるいい子です。宿題は言われなくてもやる。学校ではリーダー格で、弱い子には手をさしのべる。大自然に育まれ、日々精進しながら成長している遠山賢斗くんでよろしいですね」

「はい!」賢斗は元気よく返事をした。

賢斗は、虎に対しては言葉づかいがよくないが、よそに行くと礼儀正しく敬語で話すことができる。

「それで、おぬしは誰じゃ？」と虎は言った。

「私は沙羅です」

少女は電子ペンを持ち、タブレットのパネルに文字を書いた。タブレットの画面をこちらに向ける。「沙羅」と楷書《かいしょ》で書かれていた。

「沙羅じゃな。名は分かったが、ここはどこじゃ。なぜわしらはこんなところに連れてこられたんじゃ？」

「ここは閻魔堂です。ひとことで言うと、閻魔大王のオフィスです」

「閻魔大王？　それはあれか。あの地獄の閻魔大王か？」

「そうです」

賢斗が言った。「じいちゃん。エンマダイオウってなに？」

「ほら、よく伝奇で出てくるじゃろ。死者の罪を審査して、天国行きか地獄行きかに振り分けるとかいう――」

「伝奇ではありません。閻魔大王は、人間の空想上のものではなく、実際に存在するもう一つの現実なのです――」

沙羅の説明は続いた。

人は死によって魂と肉体に分離され、魂のみ、ここ霊界に送られてくる。ここで生前の行いを審査され、天国か地獄に振り分けられる。

本来なら、ここには沙羅の父・閻魔大王がいる。だが現在、アルコール依存症で治療中のため、沙羅が代理を務めているという。

虎は言った。「ということは、わしらは死んだのか？」

「そうです」

「しかし、なぜじゃ？　まるっきり思い出せん」

「ええと、賢斗くんは溺死。虎さんは転落死ですね」

「転落死？」

「ええ、梅子さんの墓参りのあとに」

「……あっ！」「あっ！」

虎と賢斗は、同時に声をあげた。

浜辺の岩場、波打ち際に賢斗が倒れていた。慌てて石段を下りたら、その途中で何者かに背中を押された。転落して死んだということだ。

「あっ！」賢斗は声をあげた。

死の瞬間を思い出す。

突然、地面がなくなり、落下した。草むらを走っていたので、足元をよく見ていなかった。あとはすべて真っ暗。とにかく水に落ちた。

自分の身に何が起きたのかは分からない。でも溺死したのは間違いない。

目の前に、沙羅というきれいな女性がいる。

テレビでも見たことがないほどの美人だ。黄金のように輝いている。でも、どことなく目に凄みがある。肉を食らう獣の目つきだ。

死んだこと、そして霊界に来たという事情は飲み込めた。現実感はないけれど、夢とは明らかにちがうし、この窓もドアもない真っ白な部屋、動かない体、そして沙羅を前にすると、この超常現象も信じられる。

虎爺は、沙羅に向かって叫んだ。

「わしは誰に殺されたんじゃ？」

「えっ。じいちゃん、殺されたの？」

「ああ、背中を押された。それでバランスを失って、石段から転落した。浜辺へ下りる石段じゃ」

崖から浜辺へ下りる石段だ。あそこから転落したなら、死んでもおかしくない。

「誰じゃ、わしを突き飛ばしたのは？」

虎爺はすごい剣幕で、沙羅をにらみつけた。

沙羅は言う。「落ち着いてください」

「賢斗。おまえはなんで死んだんじゃ？」

「俺？　ええと、俺は……」

「浜辺でカニでも探しておったのか？」

「なに、浜辺って？」

「おまえは浜辺の岩場で倒れておったろうが」

「えっ、そうなの？」

「はい、お静かに」と沙羅は言った。「質問は受けつけていません。何を聞かれても、お答えすることはできないからです。当人が生前知らなかったことは、原則的に教えてはいけないのが霊界のルールなのです」

沙羅は、少しいらついたように足を組んだ。

「では、審判に移ります。賢斗くんは天国行きです。おじいちゃん孝行で、嘘さえつかない優しい子ですからね。今世は十一年で幕を閉じてしまいましたが、善行というものは蓄積されていきます。来世では眉目秀麗《びもくしゅうれい》、頭脳明晰《めいせき》なよい条件で生まれ変わり、きっと幸福な人生を送ることでしょう」

沙羅は、虎爺に目を向ける。

「続いて、虎さん。さびれていく村の再興を図ろうと、村長として全力を尽くしました。特に弱者保護と教育に力を入れ、少なくとも村民を不幸にしない村政は貫きました。過疎化の流れに逆らうことは難しかったようですが、村を去った若者たちも、この村を愛し、ふるさと納税している人は多い。

政務活動費の面でもクリーンです。政治家は通常、九十九パーセントが地獄行きです。権力にものを言わせたセクハラ、おごった立場からの問題発言、政治資金の私的流用、友だちや支援者に政治的便宜を図るといった権力の乱用など、何らかの意味で地位を悪用していますからね。政務活動費で海外旅行したり、公用車で愛人宅に通ったりするなどはざらです。その点、あなたは業者との癒着をいっさい拒否し、コーヒー一杯おごってもらわないという政治姿勢を貫きました。

梅子と二人の息子、そして典子をめぐっては、いさかいもあったようですが、あなたなりの事情もあったのでしょう。典子の連れ子を、我が子同然に世話して、彼が亡くなったあとは賢斗を引き取るなど、善行をした点を考慮して相殺《そうさい》します。というわけで天国行きです。二人とも天国行きなので、文句はないですね」

「ある！」虎爺は叫んだ。「わしは誰に殺されたんじゃ？」

「だから教えられないんですって」

「こんな訳の分からないまま死ねるか！」

「もう死んでます」

「いいや、そんなわけない。わしも賢斗も生きとる。これは悪い夢じゃ」

「夢ではありません。もう一つの現実なのです」

「いや、そうか。わしは石段から落ちて、頭を打ったんじゃな。それでこんな変な夢を見ておるんじゃ」

「あー、もう。この分からず屋の偏屈ジジイ」

沙羅は、前髪をくしゃくしゃっとかいた。

「ほら、そっちにドアがあるでしょ。そのドアを開けて、階段を昇っていくと天国に行けます。どうぞそちらへ」

「あ、足が動く」と賢斗は言った。

動かなかった足が動く。そしていつのまにか、部屋の壁にドアができていた。

「ね、動くでしょ。では、天国へどうぞ」

「いや、賢斗。だまされるな。あれは三途《さんず》の川《かわ》じゃ。ドアを開けて向こうに渡ると、もう戻れなくなるんじゃ。行ってはならん」

「だから、もう死んでるんですって。あとは天国か地獄かの話なんです」

「そうやって善良な人間をだまそうとする悪魔の使いなんじゃ、こやつは」

「まあ、天使よりは悪魔の血のほうが濃いのは確かですけど」

沙羅は困り顔を浮かべている。

賢斗は、二人のやりとりを黙って見つめていた。「天国に行け」「行かない」の言いあいがしばらく続いた。

ついに沙羅がキレる。

「天国に行けって言ってんだろうが、クソジジイ」

「なんじゃと、小娘がっ。行かんと言ったら、行かんのじゃ」

「行けよ、この野郎」

「行かん。断固行かん」

沙羅は、賢斗に顔を向けた。「ねえ、賢斗くん。この偏屈頑固ジジイに天国に行くように言ってよ」

賢斗は言った。「じいちゃん、行こう。お姉ちゃんが困ってるよ」

「なんてお利口さんなんでしょう。その通りです。私が困ってるんだから、さっさと天国に行け、ジジイ」

「待て待て、賢斗。天国に行くわけにはいかん。おまえはまだ若いんじゃ。こんなところで死んではいかん」

虎爺は神妙な顔になり、沙羅に顔を向けた。

「なあ、沙羅とやら。わしらが死んだのは分かった。誰に殺されたのかとか、分からんこともあるが、ひとまずそれはいい。だが沙羅、頼みがある。わしは年寄りじゃ。もう充分生きた。しかし賢斗はまだ十一歳なんじゃ。人生これからじゃ。どうか、この子だけでも生き返らせてはくれんか？」

「死ぬといっても、無になるわけじゃありません。輪廻転生といって、魂は初期化されますが、別の形になってまた生まれ変わります」

「でも、記憶はなくすんじゃろ。賢斗とは別の人間になって、別の場所で生まれて、別の人生になるんじゃろ」

「それはそうです」

「それじゃダメなんじゃ。この子は遠山賢斗、それ以外ではない。この子は賢く、勇敢な子なんじゃ。これからの日本を背負《しょ》って立《た》つ男なんじゃ」

「大げさだよ、じいちゃん」と賢斗は言った。

「おまえは黙っておれ」

虎爺は沙羅に向かい、鬼の形相で訴えた。

「沙羅、後生《ごしょう》じゃ。わしは地獄行きでいい。代わりに賢斗を生き返らせてやってくれ」

「無理。そんな願い、いちいち聞いてらんない」

「頼む。この通りじゃ」

「お願いですから、大人しく天国に行ってください。天国に行かないなら、地獄に落としますよ」

「わしは地獄でいい。賢斗だけでも」

「あなたが天国に行かないなら、賢斗くんもまとめて地獄に落とします。あまり閻魔をなめないように。そんなことはしないだろうと高をくくっているのかもしれませんが、閻魔がやると言ったら血も涙もなくやります」

虎爺は、沙羅をにらみつけた。

賢斗は言った。「ほら、じいちゃん。天国に行こうよ。お姉ちゃんに迷惑だよ」

「その通りです。迷惑千万です」

「それにさ。俺一人だけで生き返っても、みなしごになるだけだし」

丑男の言葉を思い出す。

虎爺が死ねば、賢斗はみなしごになる。弦太も恒泰も喜和子も、賢斗を引き取る余裕はない。丑男はうちに来いと言ったが、賢斗にそのつもりはない。

「大人しく天国に行こう。それで悪くないよ。来世でやり直せばいいし」

「その通り。天国はすこぶる快適な場所です」

「ダメじゃ」虎爺は言った。「おまえは遠山賢斗、これからの日本を背負って立つ男じゃ。死ぬなど、わしが許さん」

「早く天国へ行ってください。さもなければ、賢斗くんともども地獄に落としますよ」

「やれるもんなら、やってみぃ！」虎爺が吠《ほ》えた。

「ちっ。大人しくしていれば、いい気になりやがって」

沙羅が本気でキレたのが分かった。美しい顔が紫色に染まり、毒がさした。頭から角が生え、ドラキュラのごとく犬歯がとがった。

「閻魔にたてついた罪は重いぞ。やれるもんならやってみろ、だと。そんならやってやろうじゃねえか。二人そろって地獄へ落ちろ！」

沙羅がドスの利いた声で叫んだ。

次の瞬間、突風が吹き、大地が揺れた。空間が縮んだように感じられた。

「ひっ」賢斗は身震いして、目を閉じた。

だが、何も起きない。

賢斗はゆっくり目を開けた。沙羅があきれ顔を浮かべている。

「なーんてね。そんなわけにはいかないか。まあ、いいでしょう。虎さんの賢斗くんを想う気持ち、そして賢斗くんの健気《けなげ》さに免じて、チャンスをあげます。今日が私の担当でよかったですね。ここにいたのが父だったら、二人そろって地獄行きでしたよ。父に哀願は通用しませんから」

沙羅はタブレットを手に取り、しばらく画面を眺めていた。

「ええと、確かに虎さんは殺されました。先ほども言った通り、当人が生前知らなかったことを、私が教えるわけにはいきません。ですが、自分で推理して言い当てるぶんにはかまわない。あなたが誰になぜ殺されたのか、推理して言い当てることができたら、あなたたち二人を生き返らせてあげましょう」

「犯人を推理できたら?」と賢斗は言った。

「不正解なら、大人しく天国へ。それでもなお天国に行かないとごねるなら、閻魔に対する威力業務妨害とみなして、虎さんは強制的に地獄行き、賢斗くんは一人で天国に行ってもらいます。それが私にできる譲歩の限界です」

虎爺が言う。「しかし犯人を当てろと言われても、わしにはさっぱり」

「犯人を推理するために必要な情報は出そろっています。つまり、いま二人の頭の中にある情報だけで、論理的に正解にたどり着けます。二人で話しあって、正解を導きだしてください。どうしますか。やりますか?」

「賢斗、どうする?」と虎爺。「正直、わしは自信ないが」

賢斗は言った。「犯人を当てるだけじゃなくて、ちゃんと理由も言わないといけないいんですよね」

「もちろんです。たぶんではダメ。明確な論拠を示してもらいます」

賢斗はあらたまって考えた。

このままだと、虎爺は本当に地獄に落とされかねない。二人で現世に戻れるなら、ダメ元でもやってみる価値はある。情報は出そろっているのだ。新聞を読んで鍛えた思考力を発揮するときだ。

「分かりました。やります」と賢斗は言った。

「制限時間は十分です。よろしいですね」

「スタート」

沙羅は言うなり、席を立った。部屋の隅にある冷蔵庫を開けて、シャンパンの瓶を取りだす。コルクを抜くと、ポンと空気が弾ける音がして、炭酸の泡が吹き出した。シャンパングラスに注ぎ、一口飲んだ。

それからスマホを手に取って、自撮りをはじめる。カメラを上方に掲げて、上目づかいで笑顔のピースサイン。いかにもよそ向きの、イケメン男子に対してだけ浮かべる、いい子ぶった笑顔だった。それからふくれっ面、しかめっ面、変顔、といった風に表情を変えながら、シャッターを切っていく。

虎は、沙羅の動きに見とれていた。

もはや虎と賢斗のことは無視している。常識が通じないというレベルではない。重力や時間の法則など、人間が当然従わなければならないルールでさえ、超越しているように見える。まるで地球外生命体だ。ぶっ飛んでいるのに、洗練されている。神仏に属する存在であることは間違いない。

だが、沙羅に気を取られている暇はない。推理に集中する。

虎はまず、殺される直前の出来事を思い出した。

誰かに背中を押された。

誰に押されたのかは分からない。あのとき雨も降っていたし、波の音も高かった。賢斗に気を取られていて、まわりに注意を払っていなかった。

今、虎と賢斗の頭の中にある情報だけで、犯人を特定できるという。逆にいえば、頭の中にない情報は無視していい。犯人は、虎が頭に思い浮かべることができる人間である。容疑者は出そろっている。

曲がりなりにも村長を長く務めてきた。考える力はある。名探偵ではないが、やるだけやってみる。

「賢斗。まず、おまえからじゃ。おまえが死んだときの状況を言ってみい」

「でも、どこから?」

「弦太からもらった服と靴を、わしに見せたじゃろ。そのあとからでいい」

「ええと、そのあと諒ちゃんのいる空き家に戻って、そしたら丑男のおっちゃんが来た。俺に話があるから、諒ちゃんはあっちに行ってろって言って」

「丑男が何の話を?」

「……じいちゃん、余命一年って本当?」

「なんでおまえが知ってんのじゃ?」

「丑男のおっちゃんが言ってた。野口先生と話しているのを聞いたって」

「あやつめ。盗み聞きしておったのか」

「じいちゃん。本当なの？」

「ああ。だが、今はどうでもいい。それで丑男はなんと？」

「じいちゃんが死んだら、丑男のおっちゃんが俺を引き取ってやるって」

「あやつの目的は、遺産じゃろ。おまえを引き取れば、わしの遺産を使い放題だと思っておるんじゃ。賢斗、丑男の言うことは信用するな」

「うん、信用してない」

「それで、そのあとは？」

「丑男のおっちゃんは家に戻っていった。それからしばらくして雨が降ってきて、諒ちゃんが見当たらなくて、縁側の上に立って探したら、森のほうに行ってたんだ。向こうはスズメバチが巣を作っているところだから危ないと思って、諒ちゃんを追いかけていった。その途中で穴に落ちた」

「穴？」

「穴なのかな。沼かもしれない。草の中を走っていたから、足元を見てなかったんだ。よく分からないけど、突然、足元の地面がなくなって落下した。真っ暗になって、水に溺れたのは確か。そこまでの記憶しかない」

「じゃあ、なにか。殺されたんじゃないんだな」

「ちがう。誰かに突き落とされたわけじゃない。自分で落っこちた」

「しかし、穴とはなんじゃ。あの辺りは原っぱで、沼などないはずじゃが」

突然、大地が崩れて、巨大な穴ができるというニュースは見たことがある。大地の下が地下水などで浸食されて、空洞ができ、そこに水たまりができる。賢斗が通った重みで地面が崩れ、水たまりに落ちた。そういうことだろうか。

「だとしたら、なんで岩場に倒れておったんじゃ？」

「だから分からないよ。俺、そんなところに倒れてたの？」

「ああ、ちょうど波しぶきをかぶる場所に倒れておった」

地下にできた空洞が、地下水脈を通って、海に通じていたのだろうか。空洞に落ち、自然にできたその地下水路を通って、海に出た。死体は波に押し戻されて、岩場に乗りあげた。そんなことがあるだろうか。

そうじゃないとしたら、溺死した賢斗を、誰かが浜辺まで運んだことになるが。

「二分経過、残り八分です」と沙羅が言った。

「じいちゃんはなんで死んだの？」

「諒太郎が一人で家に戻ってきた。おまえがいないというので、喜和子だけ残して、四人で探しに出た。まず輪島の家に行き、恒泰と諒太郎は森のほうに探しに行った。わしと丑男は畑に行った。酔っていた丑男は、途中の木陰で休んでおったが。わしは一人で畑を見て、それから海に行った。崖沿いを歩いておったら、丑男が追いついてきて、崖の下を指さして、おまえが岩場に倒れているのを見つけた。わしは丑男に、家に戻って救急車を呼ぶように言った。それから浜辺に行こうと石段を下りている途中で、背中を押された。転落して、砂浜まで落ちた。あとの記憶はない」

「誰に押されたのかは見なかった？」

「分からん。まわりをよく見ていなかった」

「背中を押された感触は？　手の大きさとか、男か女か？」

「分からん。両手で押された気がする。ただ、子供ではない。大人じゃ」

沙羅によれば、これだけの情報で犯人を特定できるという。本当だろうか。

「賢斗。ここまでで、なにか分かったことはあるか？」

「ぜんぜん分からない。とりあえず容疑者を絞ろうよ」

「そうじゃな。今の話をまとめると、賢斗は穴だか沼だかに落ちて溺死。犯人は、その死体を岩場まで移動させた。わしが死体を発見し、慌てて石段を下りたところで、背中を押して転落死させた、ということになるが」

「それをすることが可能だったのは誰か、だね。今ある情報だけで犯人を特定できるわけだから、ぜんぜん知らない人じゃない」

「まずは丑男、恒泰、喜和子。弦太も含まれるか？」

「弦太おじさんも？」

「ああ、帰ったのは嘘で、わしを殺すために潜んでおったのかもしれん。あるいは、何らかの理由で戻ってきたのかも。あとは野口先生も含まれるか。梅子の墓参りで、みなが集まることを知っておったからな」

小学生の賢斗の死体を運ぶのは、大人の男なら可能だろう。喜和子でも、家には畑仕事で使う台車があるから、それを使えば可能だ。そして容疑者全員、一度は虎の目から離れている。アリバイはない。

「賢斗。次に考えるべきことはなんじゃ？」

「動機かな。じいちゃんに恨みがあるか、じいちゃんが死んで得をする人」

「恨みか……」

二人の息子には当然、恨まれている。それを言うなら喜和子もだ。姉の梅子を冷遇した虎を、今も許していない可能性がある。そして丑男。虎は高卒で、村長にもなったが、丑男はできそこないの次男坊。中卒で、下請けの左官として働いてきた。優秀な兄に対して卑屈な感情を抱いていた可能性はある。

虎が死んで得をする人物といえば、考えられるのは遺産だ。虎は遺産をすべて賢斗に譲る方向で、野口に相談していた。このことは弦太や恒泰から見れば、自分たちにはびた一文渡らないように画策していたとも受け取れる。

現実に虎と賢斗が死んだことで、遺産は二人の息子に相続される。つまり二人は得をしているのだ。

丑男は、虎が野口に相談しているところを盗み聞きしていたようだ。だとすると、丑男から二人の息子にその話が伝わった可能性がある。あるいは、野口から弦太に話が伝わった可能性もある。弁護士としての守秘義務はあるが、弦太の利害に関わることなので、こっそり話すこともありえなくはない。

丑男と喜和子に相続権はない。しかし丑男はいやしい男だ。十万円でも報酬をもらえれば、犯罪に加担するかもしれない。弦太と恒泰が手を組み、虎を殺害する計画を立てていた可能性もある。

実際、動機と聞いて、最初に思い浮かべたのは弦太だ。帰ったのは嘘で、何らかの理由で潜んでいた。賢斗が穴に落ちて溺死したのは偶然だとしても、それを利用して虎を殺害しようと考えたということはないか。

弦太は、賢斗に服と靴をプレゼントしていた。正直、意外な気がした。弦太はこれまで賢斗に冷たく、積極的に話しかけたりはしなかった。それなのに、なぜ急に？　それも関係があるのだろうか。

疑わしさは増す。しかし実際に何が起きたのかは見当もつかない。本当にこれだけの情報で答えが出るのだろうか。

「四分経過、残り六分です」と沙羅は言った。

「四分経過、残り六分です」と沙羅は言った。

賢斗は、隣の虎爺を見る。フリーズしている。

もう年寄りだ。忘れっぽくなり、言葉や固有名詞が出てこないことが多い。クイズ番組を見ていても、賢斗が一瞬で解けるなぞなぞが解けない。虎爺のひらめき力は低い。自分が解くしかない。

容疑者は弦太、恒泰、丑男、喜和子。めいっぱい広げても野口まで。これ以上拡大すると、頭の中にある情報を超えてしまう。

このなかの誰かが、虎爺の背中を押した。

問題は、なぜ賢斗が波打ち際に倒れていたのか、だ。

賢斗が死んだのは、輪島の空き家から少し走った場所だ。草むらで、そこに穴ができていて落下した。中に水がたまっていて、溺れ死んだ。

落ちたのは自分だ。誰かに落とされたわけではない。足元をよく見ていなかったので、どんな穴だったかは分からない。

どんな穴だったのか。覚えていることを挙げてみる。水を飲んだが、しょっぱくはなかった。つまり海水ではない。真水だ。水はとても冷たかった。足がつかなかった。手をばたばたさせたが、何もつかめなかった。真っ暗だった。

たとえば土中が地下水で浸食されて、空洞ができていた。その上を走った重みで、地面が崩れた。落ちた空洞に水がたまっていて、溺れたということか。それなら自然災害だ。問題は、なぜ賢斗の死体が、岩場に移動したのか。

犯人が移動させたとしか思えない。

問題は、何のためにそんなことをしたのか、だ。

第一感。賢斗が死んだ本当の場所を分からなくするため、ではないか。

賢斗は、空き家近くにできた穴に落ちて死んだ。そこで死んだことがバレると、犯人にとって不都合なことがあったのではないか。そう考えると、穴は自然にできたものではなく、犯人が掘って作ったものである可能性も出てくる。もっと言えば、犯人が作った落とし穴に誘導された可能性もある。

賢斗は普段、あっちに行かない。人が住まなくなり、草が生え放題の場所だからだ。賢斗がそこを通ったのは、その先に諒太郎がいたからだ。逆に言えば、諒太郎をあそこに立たせておけば、賢斗が諒太郎を追いかけて走る。その直線上に穴を作っておけば、うまい具合に落ちてくれるかもしれない。

諒太郎をあそこに立たせておくことは可能だ。「あそこに珍しい花が咲いてるよ。見に行ってごらん」とでも言えばいい。小学生の諒太郎は、深く考えずに言われた通りにするだろう。

もちろん、それで賢斗が穴に落ちるかは分からない。たまたまピンポイントで落とし穴のある場所を通ってしまったが、通る場所が少しずれていれば、穴には落ちなかった。まあ、犯人にとってはそれでもよかったのかもしれない。うまい具合に落ちなければ、また別の機会に似たような方法でやればいいのだ。

これのメリットは、偶然がからんでいるぶんだけ、事故死をよそおえることだ。実際、賢斗自身が事故だと思っていた。

しかし、どんな穴だったのだろう。かなり深くて、広かった。人力だとしたら、一日で掘れる代物《しろもの》ではないと思う。真っ暗だったことを考えると、地上の光が届かないほどの深さだ。まるで井戸のような……。

井戸？

「じいちゃん。昔は井戸があったって言ったよね」

「ああ、大昔な。今は涸れたが」

「その井戸ってどこにあったの？」

「確か……、輪島さんの家の先じゃ。今は草ぼうぼうになっておるが」

「その井戸ってどれくらいの深さ？」

「二メートル、いや、もっとか。かなり広いぞ。大人三人が下りて掘ったんじゃからな」

「その井戸って、今はどうなってんの?」

「危ないから、穴に戸板をかぶせて、杭《くい》を打って留めてある」

「それはいつ?」

「わしが村長だったころだから、二、三十年前じゃな」

だとしたら、賢斗はその井戸に落ちたのかもしれない。犯人が掘ったのではなく、もともとあった井戸の穴を利用した。かぶせておいた戸板を外して、草をかぶせるなどして落とし穴にしたのかもしれない。

井戸の水が復活していたか、あるいは三日にわたって降り続いた雨水がたまっていた。戸板をかぶせたのが二、三十年前だとしたら、とっくに腐っているはずで、隙間《すきま》から雨水が井戸に流れ落ちたとしてもおかしくない。犯人が水をためたとは考えにくい。山の上までは水道は来ていないからだ。賢斗が溺れるほどの水をためるには、かなり大量の水を汲《く》みあげてこなければならない。

そう考えると、賢斗は他殺だった可能性もある。

犯人は井戸があることを知っていて、虎爺がかぶせていた戸板を外し、賢斗が落ちるように仕組んだ。うまく落ちてくれれば、事故死をよそおえる。うまくいかなかったら、別の方法でやりなおす。

これなら、犯人が死体を移動させた理由も説明がつく。

井戸で死んだとなると、戸板を外した人間がいることになり、他殺が疑われる。だから死体を井戸から出して、浜辺へ運んだ。そうすれば賢斗が誤って海に落ちて溺死したように見え、事故死をよそおえる。

しかし、だとしたら、この犯人は頭が悪い。

なぜなら死体を司法解剖したら、肺から海水ではなく、真水が出てくるからだ。これだけで海で溺死したのではないと簡単に見破られてしまう。まあ、田舎警察が司法解剖までやるかは分からないけど。

「六分経過、残り四分です」

とりあえず、これでいい。「事故死か他殺か」はひとまず置いておく。

ともかく賢斗は井戸で溺死した。そのあとで犯人は死体を岩場まで運び、海で溺死したように見せかけた。

そして虎爺に、賢斗が倒れているのを見つけさせ、慌てて石段を下りるのを待って背中を押す。これで虎爺も事故死に見せかけられる。

しかし、実際に死ぬかは分からない。打ち所がよくて、死なない可能性もある。言いかえれば、これも「うまくいけば」という偶然に頼った犯罪だ。うまくいけば事故死に見せかけられる。うまくいかなくても、殺人未遂にならない。生き残った虎爺が背中を押されたと訴えても、証拠がなければ、年寄りの勘違いで通る。そういう種類の犯罪と言っていい。

　このことから、犯人は保身が強いという印象を受ける。確実に殺すという強い殺意は感じられない。死んでくれればもうけもの。うまくいかなくても自分の責任は問われず、また別の機会にやればいい、という考え方。

　賢斗がうまい具合に穴に落ちるかは分からないし、また、虎爺が石段を下りるときに一人になっていることが条件になる。今回は偶然、そういう状況になった。かなり運がよかったといえる。

　犯人がしたことはなんとなく分かった。しかし、これだけでは犯人を特定できない。まだ考えが足りないのだ。

　犯人の目的は、賢斗と虎爺の殺害にあった。目的はなにか。虎爺の遺産か？

「じいちゃん。野口先生と何を話したの？」

「いろいろじゃよ。わしが死んだあとのことじゃ」

「具体的に話してよ。推理に必要なことかもしれないんだから」

「ああ、そうじゃな。要するに、わしの全財産をおまえに譲るにはどうすればいいか、相談したんじゃ」

「そういう遺書はもう書いたの？」

「まだ書いとらん。でも、死ぬまえに遺書を残そうとは思っておった」

「ちなみに、遺産っていくらあるの?」

「二千万ほどじゃな」

賢斗は遺産相続に詳しい。新聞にそのテーマの記事がよく載っているからだ。

賢斗と虎爺のあいだには戸籍上の関係はない。虎爺が遺書を残さずに死ねば、弦太と恒泰が一千万ずつ分け合うことになる。仮に「賢斗に全額譲る」と遺書に書いても、遺留分があるから、賢斗に一千万、弦太と恒泰に五百万ずつ。つまり虎爺が遺書を残した場合には、二人の取り分は半分になる。

殺害目的は、やはり遺産か。

状況的にはそうだと思える。なぜなら犯人は、賢斗と虎爺を殺すつもりなら、いつでも殺せたのだ。

二人は山の上に住んでいる。周囲には誰もいない。犯人はこっそり山を登ってきて、まず賢斗を抱きかかえて崖から落とす。そのあとで虎爺を誘いだし、石段から突き落とす。それでもいいのだ。目撃者などいない。賢斗が夏休み期間中なら、死体すらすぐには発見されないだろう。

この場合、死体に他殺を示す痕跡が残っていなければ、まず事故死と認定される。仮に他殺が疑われたとしても、誰もいない山の上でのこと。犯人を特定するだけの証拠は得られにくい。

犯人は、なぜこのタイミングでやったのか。わざわざみんなが集まったときにやる必要があったのだろうか。

そう考えると、犯人には犯行を急がなければならない理由があったのだともいえる。それはおそらく遺産だ。虎爺が遺書を書いたり、あるいは全財産を賢斗に譲ってしまってからでは遅い犯人側の事情があったのだ。

たとえば、虎爺が賢斗に生前贈与して、財産をすべて賢斗名義にしてしまう。そのあとで虎爺と賢斗が死んでも、賢斗名義の財産は弦太と恒泰には相続されない。遺留分の五百万だけ、死んだ賢斗の財産に請求できるだけだ。これだったら、もはや二人を殺す意味はない。

虎爺は、賢斗に全財産が相続されるように画策していた。それをされてからでは遅い犯人側の事情があったのだ。

そう考えると、むしろ梅子の墓参りは、犯人にとってちょうどいいチャンスだったのかもしれない。賢斗が海で溺死する。それを助けにいった虎爺が、慌てて石段を踏みはずして転落死する。これなら一連の事故で片づけられる。

たまに新聞で、子供が川で溺れて、助けにいった大人も一緒に流されるという記事が載っている。そういうふうに見せかけたほうが自然だという計算も、犯人にはあったかもしれない。

遺産が目的だとしたら、弦太と恒泰があやしい。

共犯の可能性もありうる。弦太と野口は同窓生だ。喜和子と恒泰の妻・妙は仲がいい。丑男にいたっては、金さえもらえれば喜んで犯罪に加担する人間だ。弦太と恒泰が手を組んでいる可能性もある。

共犯まで考えると、犯人の特定はいっそう難しくなる。

そういえば、弦太から服と靴をもらった。急に優しくされて、違和感を覚えた。あれにはなにか意図があったのだろうか。

分からない。

「あー、頭がこんがらがってきた」

「八分経過、残り二分です」

沙羅はずっと自撮りをしていた。今はスマホをいじっている。

撮った写真をSNSに載せているのかもしれない。霊界にもブログやインスタグラムがあるのだろうか。

沙羅を見ていると、自分がちっぽけに思えてくる。宇宙的に器が大きい。果てしなさすぎて、心の中が読めない。人間がどんなに修行を積んでも、手の届かない境地にいる。存在の虚と実があいまいなのだ。

「じいちゃん。なにか分かった？」

「分からん。わしはさっきからボーっとしとるだけじゃ」

「嘘でしょ。もう考えてないの？」

「ああ、あきらめた。推理なんて、年寄りには無理じゃ。年を取ると、長い時間考え続けることができなくなるんじゃ」

「そうなの？」

虎爺は、会期中の国会議員みたいにボーっとしている。

年寄りはダメだ。俺がやるしかない。

賢斗は心を立てなおした。泣いても笑っても、残り二分。

「じいちゃん。もう一度、俺がいなくなったあとのことを詳しく話してよ」

「ああ。諒太郎が一人で戻ってきて、おまえがいないというので、喜和子だけ残して、四人で家を出た。輪島の家に行き、恒泰と諒太郎は森のほうへ、わしと丑男は畑に行った。途中、丑男は木陰で休んだ。わしは畑に行き、それから崖沿いを歩いた。丑男が追いついてきて、おまえが岩場に倒れているのを見つけた。丑男に家に戻って救急車を呼ぶように言って、わしは石段を下りた」

「俺はどんなふうに倒れてたの？」

「岩場、ちょうど波しぶきがかかる場所じゃ。うつ伏せで倒れておった。あ、そうじゃ。裸足じゃった」

「裸足？　靴も靴下も履いてなかったってこと？」

「そうじゃ」

「なんでそれを先に言わないんだよ」

「悪い悪い。年を取ると、忘れっぽくなってな」

「情報ってのは、あますところなく正確に伝えなきゃ、相手に誤った認識を与えちゃうじゃないか」

「ああ、そうじゃな。すまん」

「もうっ、まったく」

賢斗は死んだとき、裸足だった。

しかし穴に落ちたときは、靴も靴下も履いていた。

溺れたとき、足をばたつかせたので、大きめだった靴が脱げた可能性はある。しかし靴下まで脱げるだろうか。

賢斗は今、靴を履いている。弦太がくれた運動靴だ。

「あの、沙羅お姉ちゃん」

沙羅はスマホから目を離した。「なんですか？」

「僕は今、靴を履いていますけど、これは僕が死んだときに靴を履いていたということなのでしょうか？」

「なんて言ったらいいのかな。人間は死によって肉体から魂が離れて、魂のみ霊界にやってきます。今の賢斗くんは魂だけの身で、肉体はありません。だから基本的に動かないんです。ただ、あなたが生きていたときの慣れで、肉体があるように、あなたの目に見えているだけ。いわば幻覚であり、錯覚です。服を着ていますけど、それは死んだときに自分が着ていた服を、あなたの脳が覚えていて、そこに映しだしているだけなんです。あなたの魂が服を着ているわけではありません」

賢斗は今、靴を履いている。つまり死んだ時点では、靴を履いていたことになる。ではなぜ、虎爺が見た賢斗は、裸足だったのか。犯人が死体を移動させるときに、靴と靴下を脱がせたのだろうか。でも、なんのために？

靴と靴下を脱がせて、裸足にする必要がどこにある？

新品の運動靴。穴のあいた靴下……。

「ということは……」

「賢斗、なにか分かったのか？」と虎爺は言った。

「そうか。犯人は死体を移動したんじゃない。移動させられなかったんだよ」

「は？」

「裸足にした理由はそれしかない。そこには二つの意図があったんだ。一つは死体そのものを発見させないこと。そして、じいちゃんが死ななかった場合にそなえること。それしか考えられない」

「何を言っとんのじゃ、おまえは」

この推理に基づいて、事件の過程を頭の中でシミュレーションしてみた。理にかなっている。矛盾はない。

「残り十秒です。十、九、八、七、六」

沙羅のカウントダウンがはじまった。

賢斗は残り十秒で、推理を最終点検した。これで合っているはずだ。犯人はあの人以外にありえない。

「五、四、三、二、一、ゼロ。終了です。犯人は分かりましたか？」

虎爺は言った。「わしは皆目分からん。賢斗はどうじゃ？」

「分かったよ、じいちゃん。犯人はあの人だ」

3

「では、解答をどうぞ」

「はい！」賢斗は元気よく返事をした。

「犯人の目的は、じいちゃんの遺産です。じいちゃんは野口先生と相談して、遺産をすべて僕に譲ろうとしていました。犯人の狙いは、第一に僕を殺すこと。僕が死ねば、遺産を受け取る相手がいなくなる。そしてできれば、じいちゃんも殺してしまう。じいちゃんのことだから、僕が死んだら、遺産を村に全額寄付すると言いだしかねないですからね。僕を殺したあと、じいちゃんも殺してしまえば、遺産は確実に二人の息子に渡ります。

それで正解を先に言うと、犯人は恒泰おじさんです。そして諒ちゃんにも犯行に加担させました。当初の計画は、おそらくこういうものです。まず恒泰おじさんが、井戸にかぶせていた戸板を外しておく。そして墓参りのあと、毎年そうしているように、僕と諒ちゃんが二人で遊んでいるどさくさで、諒ちゃんに僕を井戸に突き落とすように指示したんです。小学生の僕では、自力で井戸から脱出できない。そうやって、いったん僕を生きたまま閉じ込めておく。

諒ちゃんは一人で家に帰り、僕がいなくなったと言う。みんなで探しに出る。恒泰おじさんは、僕が行方不明になるまで、誰かに見られる場所にいたと思います。そうしておけば、あとで他殺が疑われても、アリバイができますからね。子供の諒ちゃんがそんなことをするとは誰も思わない。

そしてみんなで探しに出たあと、『森のほうを見てくる』などと言って、じいちゃんたちと別れる。まっすぐ井戸に行き、閉じ込められている僕を助ける。小学生の僕をそのまま抱きあげて、崖まで行って投げ落とす。僕は死ぬ。あとはその死体を、じいちゃんに発見させる。じいちゃんは僕を助けにいく。崖を下りる石段の途中で、背中を押して転落させれば、高い確率で死ぬ。これで僕が遊んでいるうちに崖から落ちて事故死し、それを助けにいったじいちゃんも慌てて転落死した、という理想的な絵が描けます。おおむね、そういう計画だった。

しかしその計画は、大幅な変更を余儀なくされます。実際に起こったことを、これから説明します。僕は諒ちゃんと空き家でおしゃべりしていました。諒ちゃんは、僕を井戸に落とすように父親から指示されていました。そこに丑男のおっちゃんがやってくる。諒ちゃんは『あっちに行け』と言われて、空き家から離れた。そして森のほうに歩いていったんです。そして僕がいる場所と、井戸がある場所の延長線上に立ちました。僕が諒ちゃんを見つけて、まっすぐ追いかけていけば、その途中にある井戸に落ちるというわけです。実際、僕は落ちました。

そこまでは成功したけど、ここで予定外のことが起きます。恒泰おじさんの計画では、井戸は涸れていて、僕を生きたまま閉じ込めておく予定でした。しかしその井戸の水が復活していたか、三日にわたって降り続いた雨水が流れ込んでいたのでしょう。そこに僕は落ちて、溺死した。問題は、僕が真水を飲んで死んだことです。

当初の計画では、僕を井戸に閉じ込めておいて、助けだしたあと、生きたまま崖から投げ落として事故死に見せかけるつもりでした。しかし岩場に投げ落としても、死因は溺死なので、検視すれば溺死した死体を岩場に投げ落としただけ、とバレてしまう。僕を海に投げ落としても、死体はもう水を飲まないので、僕の肺にあるのは真水です。司法解剖をすれば、僕が海で溺死したのではなく、真水のたまっている場所で溺死した死体を海に投げ落としただけ、とバレてしまう」

「そうなのか」と虎爺は言った。

「以前、そういう事件があったんだよ。男が、同棲《どうせい》していた女の顔を風呂場の水に突っ込ませて溺死させた。そのあとで海に死体を捨てて、海で溺死したように見せかけたんだ。でも司法解剖したら、肺から水道水の成分が出てきて、海で溺死したのではないことが分かった。それで男が逮捕されたんだ」

「よう知っとるな、そんなこと」

「新聞読んでるからね。っていうか、じいちゃんだって読んでるじゃん」

「ああ、でも年寄りじゃから、頭には残らんのじゃ」

「じゃあ、新聞読む意味ないじゃん」

賢斗は気を取りなおして、沙羅に顔を向けた。

「井戸の真水を飲んだ僕の死体を、海に投げ落としても、司法解剖すれば、海で溺死したのではないことは分かってしまう。ひいては事故死に見せかけた他殺だとバレる。かといって、このまま井戸に死体を隠していても、僕が見つからなければ、警察や捜索隊があの山一帯を探して、いずれは発見される。井戸の戸板を外した人間がいたことになり、やはり他殺が疑われる。そこで恒泰おじさんは、とっさに計画を修正した。諒ちゃんに僕の死体の代わりをさせたんだ」

「死体の代わり?」と虎爺は言う。

「そう」

「じゃあ、あのとき岩場に倒れていたのは」

「俺じゃない。諒ちゃんだ」

賢斗は続けた。

「僕と諒ちゃんは似たような服装をしていました。僕は、弦太おじさんからもらった白のTシャツと茶色のハーフパンツをはいていました。諒ちゃんも同じです。Tシャツの胸プリントはちがっていたけど、うつ伏せに倒れていれば分からない。背丈も髪の長さも同じなので、顔と胸さえ隠せば、僕に見える。

ちがうのは靴です。僕は黄色の運動靴で、諒ちゃんは黒のスニーカー。でも、靴は溺れたときに脱げたということでいい。問題は靴下。僕のは両足とも穴があいていたけど、諒ちゃんの靴下は穴があいていなかった。

そのあと、じいちゃんに死体を見つけさせて、慌てて助けにいったところで背中を押して、石段から転落死させる予定だった。だから諒ちゃんに僕のふりをさせて、岩場に倒れさせた。でも、じいちゃんは目がいい。もしかしたら靴下に穴があいていないのを見て、あれは僕ではないと見抜くかもしれない。井戸に戻って、僕の死体から靴と靴下を脱がせて持ってくる時間的な余裕はなかったのだと思います。靴と靴下を脱がせて、裸足にするしかなかった。そして実際、じいちゃんは僕だと勘違いして、裸足の意味に気づくことなく、助けにいこうと石段を下りた。どこかに隠れていた恒泰おじさんが飛び出して、背中を押した。これが事件の真相です。

そのあと、どうなったか。まず、警察が来る。僕が岩場に倒れていたのは、丑男のおっちゃんも見ている。それは諒ちゃんだから、警察が来たときにはなくなっているけど、波打ち際にあったから、波にさらわれて沖に流されたのだろうと警察は考える。海を捜索しても、当然、死体は見つからない。海の藻くずと消えたと考えられ、やがて捜索は打ちきりになる。死体は海に流されたと考えられているから、山のほうは捜索されない。つまり井戸の中の死体は、ふたたび戸板をかぶせられて、今も発見されずに、そこに残っているのだと思います。

そしてじいちゃんは、うまい具合に転落死してくれた。しかし犯人からすると、打ち所がよくて死なない場合も想定しておかなければならなかったんです。仮にじいちゃんが生き残っても、岩場に倒れていた僕のことを見ているから、じいちゃん自身も僕を助けにいって、慌てて石段から転落したと自分で思うし、そのように処理されるだろうという読みがあった。

こうして、おおむね恒泰おじさんの狙い通り、事故死として処理されたと思います。そして二人の息子には、じいちゃんの遺産が相続される。丑男のおっちゃんが、岩場に倒れていた僕が裸足だったことから、今の推理をするのは無理でしょう。というわけで、犯人は恒泰おじさんです。諒ちゃんにここまでの協力をさせられるのは父親しかいない、というのがその根拠です」

賢斗は息をついた。絶対の自信がある。不安はなかった。

沙羅はタブレットを見つめている。一度うなずき、賢斗に微笑みかけた。

「正解です。小五にして、この推理力。感服しました」

「よっしゃ！」

「たいしたもんじゃな、本当に」と虎爺も言う。

「じいちゃん。新聞を毎日、読んでおいてよかったね。そうじゃなかったら、たぶん解けなかったよ」

「そうじゃろう、うふふ」虎爺は満足げに笑った。

「新聞に書かれていることなんて、自分には関係ないことだと思っていたけど、意外なところで役に立つものだね」

「新聞で得た知識をどう生かすかは、おまえ次第じゃ」

沙羅は言った。

「さて、犯人は分かってしまったので、少し補足説明をしてあげましょう。犯人は恒泰、動機は親の遺産です。実は、恒泰の妻は大病をわずらい、かなり深刻な状況です。あらゆる治療法を試みましたが、奏功せず、医師から新薬治療を勧められています。しかし未承認薬なので、保険適用は利かない。サラリーマンにすぎない恒泰には、そんな高額な治療費は払えません。頼れるのは父のみ。長年勤めた村長としての退職金が、そのまま残っていることは知っていました。

しかし同時に、虎さんの賢斗くんへの愛が強いことも知っています。そして墓参りのあの日、恒泰は丑男から、例の虎さんと野口弁護士の話を聞きました。遺産二千万円をすべて賢斗くんに譲ろうとしていると。遺書もすでに書いているかもしれない。遺書がなければ、恒泰には一千万円が相続される。妻の状況からすると、喉から手が出るほど欲しい金でした。恒泰は追いつめられていました。そこで、これを機会に賢斗くんと虎さんを殺すしかないと思いきります。

犯行計画を立てたのは当日です。即席で立てられた計画なりの荒さがあったのはそのためです。犯行計画は、おおむね賢斗くんの推理通りです。井戸にかぶせた戸板を外し、その手前にある草に目印をつけておきました。そして諒太郎に、賢斗くんと二人きりになったときに、その井戸に落とすように言いました」

虎爺が言う。「あやつめ。息子にそんなことを……」

「諒太郎は嫌がりました。しかし母を助けるためには仕方ないんだ、母を見殺しにする気か、と説得されて、しぶしぶ承諾しました。とはいえ、積極的に賢斗くんを突き落とすことはできず、彼にできたのは、きわめて消極的に、賢斗くんがいる場所と井戸がある場所の延長線上に立つことだけでした。その位置に立ち、賢斗くんに呼ばれても無視していれば、賢斗くんがこっちに走ってきて、穴に落ちてくれるのではないかと期待して。そうしながらも、心の中では失敗してほしいと思っていました。しかし実際には、狙い通りに賢斗くんは落ちてしまった。

当初の計画では、涸れている井戸に一時的に閉じ込めておくだけでした。そして賢斗くんが行方不明になったことで、みんなで探しに出たあと、恒泰は井戸に行って賢斗くんを助けだし、そのまま抱きあげて崖まで連れていき、投げ落とすつもりでした。そのあとで虎さんに死体を発見させ、背中を押して転落死させる。そうすれば二人とも事故死に見えます。

ただし、ここで計画に狂いが生じます。井戸に雨水がたまっていて、賢斗くんが真水を飲んで溺死してしまったことです。この死体を海に投げ落としても、司法解剖すれば、海で溺死したのではないことはバレてしまう。そこで急きょ、賢斗くんと諒太郎がたまたま似たような服装をしていることを利用して、諒太郎に賢斗くんの死体のふりをさせたんですね。

問題は、虎さんの目がいいこと。賢斗くんと諒太郎は靴がちがっていたので、靴は脱がせました。そこで初めて、諒太郎の靴下に穴があいていないことに気づきました。もしかしたら虎さんは、靴下に穴があいていないことから、あれは賢斗くんではないと気づくかもしれない。その場で靴下に穴をあけようとしましたが、ハサミもなく、手では破れなかった。

そうこうするうちに、崖の上に虎さんの姿が見えました。もう時間はない。とっさに諒太郎を裸足にして、うつ伏せにして倒れさせました。恒泰は石段に移動して、途中の隠られる場所に身を伏せた。すると、諒太郎を賢斗くんだと勘違いした虎さんが、慌てて石段を下りてくる。他に誰もいない。恒泰はとっさに飛び出して背中を押しました。これで虎さんが死ななかった場合でも、賢斗くんが岩場に倒れて死んでいたというふうに勘違いしてくれる」

沙羅は言葉を切り、足を組みなおした。

「実は現在、事件から二日が経過しているのですが、おおむね恒泰の狙い通りに進行しています。虎さんは死亡。岩場に倒れていた賢斗くんの死体は、沖に流されたと考えられ、海上保安部が捜索しているものの、見つかっていません。井戸には恒泰があらためて戸板をかぶせたため、死体は発見されないまま。このままいけば、虎さんの遺産は二人の息子に渡ることになるでしょうね」

　虎は、隣にいる賢斗の顔を見つめていた。

　なんという賢い子だろう。

　賢斗は推理を終えて、得意げな表情を浮かべていた。生き生きした目をしている。

　沙羅はタブレットから顔を上げた。

「では、約束ですので、二人を生き返らせてあげます。ただし、正確には時間を巻き戻すんです。あまり巻き戻すと、あとで調整が大変なので、死の直前まで戻します」

「死の直前というと？」と虎は言った。

「賢斗くんが井戸に落ちたあたりですね。ただし、ここに来た記憶はなくします」

「それじゃあ、生き返っても、また死ぬだけじゃろ」

「そうならないように、こっちでうまくやっておきます」

「うまくやるって、どうするんじゃ？」

　賢斗が言った。「じいちゃん、お姉ちゃんを信用しようよ。それに記憶をなくすなら、聞いたって仕方ないし」

「その通りです。賢斗くんは物分かりのいい子ですね。虎さんも見習ってください。それでは、さっそく参ります」

虎は言った。「ああ、ちょっと待ってくれ。わしは生き返っても、余命一年は変わらんのじゃろう?」

「それはそうです。閻魔は病気までは治せません」

「わしは本当に一年で死ぬのか?」

「閻魔は、過去については分かりますが、未来までは知りません。でも医者が言うんだから、そうなんじゃないですか」

「ううむ」

「あなたが死んだあと、賢斗くんの行く末が心配なんですね」

「まあ、そうじゃが」

「お言葉ですが、心配されるべきは賢斗くんだけじゃないでしょう。あなたの息子、恒泰も思い悩んでいますよ。妻の病状は絶望的で、頼みの新薬は高すぎる。座して妻が死んでいくのを見ているしかないのかと」

「ああ、だが、恒泰はもう大人じゃ。自分の身に起こることは、自力で解決するのが筋じゃ」

「正論ですけどね。しかしながら大人になっても、幼少期に受けた心の傷は、じくじくと痛みをもってくすぶり続けるものです。恒泰は幼いころ、あなたが母に対して取った冷たい態度を間近で見ています。彼はそんな父を信用できなくなり、その感情は今でも消化されることなく残っています。それが今回の犯行動機の背景にありました。現実に妻の医療費の問題はありましたが、彼は父に対して金を貸してほしいと頼むこともできたんです。しかし、しなかった。断られると分かっていたからです。もっと言えば、自分は父に愛されていないと。あなたは本当に賢斗くんのことしか見ていないですからね。それならいっそ殺してしまえ、と発想が飛躍した。

弦太も同じです。彼はずっと賢斗くんに対して冷たい態度を取ってきました。賢斗くんに恨みがあるわけではありません。でも、父に対する憎しみの延長で、賢斗くんにもそういう感情を向けてしまう。あなたの二人の息子に対する冷たさが、裏返って二人の賢斗くんに対する冷たさにはね返っているのです。

まあ、弦太に関しては、心境に変化もあるようです。彼は賢斗くんに冷たい態度を取ってきたことを後悔しています。教師として『いじめはやめよう』と言うべき立場なのに、自分がしていることはなんだと、自己嫌悪におちいっています。今回、プレゼントを持ってきたのは、彼なりに関係を変えたいという気持ちの表れです。

あなたが賢斗くんを偏愛する気持ちも分かります。でもそれによって、かえって賢斗くんを孤立させてしまっているのではないでしょうか。賢斗くんも、あなたと息子二人のあいだの距離を感じて、彼らに対して遠慮しています。自分を『よそ者』と規定して、親戚が集まる場所では目立たないようにしています。

喜和子にしても、確かに昔はあなたに対して腹を立てていました。しかし、それも遠い昔のことです。今はなんとも思っていません。賢斗くんのことも、かわいい親戚の子だと思っています。それなのに、賢斗くんのほうがよそよそしい態度を取って、近寄ってきてくれないので、かわいがれない。それもこれも賢斗くんが自ら進んで『仲間外れ』になっているからです。

あなたにもいろいろな思いがあるのでしょうが、これを機会に、親族との関係を見つめなおすことをお勧めします。残り一年の人生を、あなたがどう生きるかで、あなたの死後の賢斗くんの人生が変わってくる。そういうふうに考えてみたらどうですか。お金を残すことより大事なことがあるのではないですか」

不思議な少女だ。

瞳が星のごとく強く輝いていて、その奥に吸い込まれていくような引力がある。その光に照らされると、虚勢をはがされ、自分のいたらない部分が白日の下にさらされるような気持ちになる。

「それに賢斗くんのことは心配いらないと思いますよ」

沙羅は、賢斗に微笑みを向けた。

「君は大丈夫ね。小五にして、すでに驚異的な頭脳を持っています。そこらへんの不勉強な大学生より、よほど賢い。毎日、木刀を振って鍛えた肉体と精神、新聞を読むことで蓄えた知識と国語力、そして素直でまっすぐな心。どんな大きな夢も実現するだけの力を持っています」

「ありがとうございます」賢斗は元気よく返事をした。

「将来が楽しみです。博覧強記《はくらんきょうき》に磨きをかけ、青雲《せいうん》の志《こころざし》を忘れず、精進してください。では、私は忙しいので、さっさと生き返ってもらいましょう」

沙羅はデスクに向いて、タブレットをキーボードにセットする。なにやら打ち込む作業に一分ほどかかった。

「では、いきます」

賢斗は言った。「沙羅お姉ちゃん、どうもありがとうございました。短いあいだでしたけど、お世話になりました」

「どういたしまして」

「ほら、じいちゃんもちゃんとお礼を言いなよ」

「ああ、そうじゃな。沙羅とやら、ありがとう」

「どうも。時空の隙間に無理やり押し込むので、めっちゃ痛いですけど、我慢してください。ちちんぷいぷい、仙波虎、遠山賢斗、地上に還れ」

沙羅は、エンターキーを押した。

4

——水がひどく冷たい。一気に体温を奪われる。

寒い。体の感覚が失われていく。

いったい何が起きた？

手足をばたばたさせるが、手は空を切り、足は地につかない。水の冷たさで、次第に動きが鈍くなる。

寒い。すごく寒い。ヤバい。

どうして？　じいちゃん、助けて……。じいちゃん……。

賢斗の意識は落ちた——


ぽつぽつと雨が落ちてきた。

虎は、喜和子に土産を持たせようと、ニワトリ小屋から卵を持ってきた。弦太は帰り、居間では恒泰と喜和子が話をしていた。丑男はふらっと外に出ていたが、また戻って、酒をちびちび飲んでいる。

虎は言った。

「丑男。いつまで飲んでおるんじゃ。おまえはさっさと帰れ」

「そんなつれないこと言うなよ。この世に残されたたった二人の兄弟じゃねえか」

雨は次第に本降りになってきた。風も強くなってくる。

いつのまにか空を雨雲が覆っていた。

「賢斗と諒太郎はどこに行ったんじゃ。雨が降ってきておるのに」

しばらくして、諒太郎が一人で戻ってきた。雨のせいで服と髪がぬれている。

「おお、諒太郎。雨でぬれとるじゃないか。早くうちに入れ。賢斗はどうした？」

諒太郎は、うつむいたまま動かない。

「諒太郎？」

「……賢斗くんが」

諒太郎の瞳から、涙がこぼれ落ちた。

「どうした？　賢斗がどうしたんじゃ」

「賢斗くんが、井戸に落っこちて……、死んじゃう」

諒太郎の目から、涙があふれだした。心拍数が急に上がったみたいに、肩を大きく震わせている。

「井戸？　どういうことじゃ」

「助けて……、賢斗くんを、助けて……」

諒太郎はパニックになって泣きじゃくった。その泣き声に気づいて、丑男と喜和子、恒泰も集まってきた。

「賢斗は井戸に落っこちたんじゃな?」

諒太郎は力強くうなずいた。

井戸といえば一つしかない。ずっと昔に涸れた井戸。しかし、なぜ落ちる? 戸板をかぶせておいたのに。

もともと井戸のまわりには、ひざの高さくらいの石垣が積んであった。だが、いつだか台風が来て、その石垣が崩れた。それで石垣を取り払い、近くの空き家から戸板をはがしてきて、井戸の穴をふさいだ。地面に杭を打ち込んで固定した。

しかしそれも何十年もまえの話だ。戸板が腐っていてもおかしくない。

考えている暇はない。

虎は裸足のまま、外に飛び出した。

「あ、兄貴」と丑男の声。

虎は駆けた。井戸は、輪島の空き家の向こう側にある。今は誰も立ち入らず、草が伸びっぱなしの場所だ。

井戸があった場所に向かう。丑男、喜和子、恒泰もあとを追ってくる。

「ええと、確か、ここらへんだったはずじゃが」

草をかきわけ、井戸を見つけた。

なぜか戸板が外されていた。中をのぞき込み、「賢斗!」と叫んだ。

返事はない。

穴の中は真っ暗で、底が見えなかった。どれくらいの深さがあっただろうか。大昔、男三人が下りて掘った穴だ。

耳をすませる。穴の中から音が反響して聞こえてくる。

パチャ、パチャ、という水の音。水がたまっているようだ。もしかして、この下で賢斗が溺れてる?

丑男と喜和子、恒泰が追いついてきた。

「中に落ちてるの?」と喜和子。

虎は言った。「中に水がたまっておるようじゃ。なにか下に降りられるものはないか?」

諒太郎が長いロープを抱えて走ってきた。

諒太郎からロープを受け取った。ロープは一メートルごとに結び目ができていた。そこに足を引っかけることができる。

「なぜ、こんなものを?」

不思議に思ったが、今はそんなことを言っている場合ではない。

「よし、みんなでロープを持っていてくれ。わしが下りる」

丑男、喜和子、恒泰の三人でロープの端を持ち、井戸の中に垂らした。

虎が下りていく。少し下りると、たちまち地上の光は届かなくなった。真っ暗だ。水の音が近づいてくる。

「賢斗、いるのか？　返事せえ」

慎重に下りていく。足が水に浸かった。そのまま下りていくと、何かにぶつかった。その何かは水に浮かんでいる。

人間の肌の感触だった。虎はそれを抱きあげて、水面より上にあげた。

「賢斗、しっかりせえ」

左手で賢斗を抱きかかえ、右手でロープを握った。

「おおい、引っぱりあげてくれ」

地上に向かって叫ぶ。ロープが引きあげられていく。地上にあがるまで、しっかり賢斗を抱きかかえた。

「賢斗、大丈夫か？　賢斗」

賢斗の体が冷たい。意識はないようだ。力が完全に抜けている。

地上にあがった。賢斗を地面に寝かせた。

「息、してる？」と丑男。

賢斗の顔は真っ青だ。虎は賢斗の右手を取り、神に祈りながら脈をみた。

ドク、ドク、と確かな鼓動があった。

賢斗が咳《せ》き込《こ》み、水を吐きだした。ゆっくり呼吸をはじめる。

「大丈夫じゃ。生きとる。だが、体温が下がっておる。丑男、家に戻ってバスタオルと毛布を持ってきてくれ」

「分かった」丑男は家に向かって走っていった。

「救急車を呼ぶわ」喜和子が携帯で電話をする。

諒太郎は、しゃっくりをあげて泣いていた。それでも賢斗が生きていて安心したのか、興奮はおさまっている。

後方で、恒泰が立ち尽くしていた。

虎は言った。「諒太郎、いったい何があったんじゃ?」


救急車が来て、賢斗は隣町の病院に運ばれていった。

虎と丑男も乗った。喜和子が電話で、弦太を呼び戻した。自宅には顔色の悪い恒泰、泣き疲れた諒太郎、そして喜和子が残った。

賢斗の命に別状はなかった。

ブラックアウトした直後の救出だったようだ。しかし救出があと数分遅れていたら、どうなっていたか分からない。意識はまだ戻らないが、脳波に異常はなく、後遺症もないだろうと医者は言った。

賢斗は入院した。虎と丑男は家に戻った。

自宅には弦太が戻っていた。弦太は、恒泰と諒太郎からすべての経緯を聞いた。それを帰宅した虎に話した。

それは驚くべき内容だった。恒泰は、虎と賢斗の殺害計画を立てていたという。

「恒泰、今の話は本当か？」

恒泰はあぐらをかいて座ったまま、猫背でうつむいている。虎には顔を向けず、唇を嚙《か》んでいた。

「今の話は本当かと聞いておるんじゃ」

恒泰は、あきれたようにため息をつく。

「本当なんじゃな。きさま、諒太郎にまで罪を背負わせるとは」

虎は立ちあがり、木刀を手に取った。

「叩き殺してやる！」

木刀を振りあげ、恒泰に向かった。慌てて、弦太が止めに入る。

丑男も飛びついてきた。「兄貴、やめて」

弦太と丑男の二人で、虎を押さえにかかってくる。丑男はともかく、壮年の弦太には力ではかなわない。

とはいえ、怒りもおさまらない。三人で取っ組みあいになった。

恒泰は、殺すなら殺せとばかりに、あぐらをかいて座っていた。

「やめなさい！」喜和子が叫んだ。

普段、温厚な喜和子の怒声に、虎は気を奪われた。みなの動きが止まる。

喜和子は虎に歩みより、木刀をつかんだ。力まかせに木刀を奪い取った。

「まったく男どもは、すぐに暴力に走るんだから」

喜和子は、うなだれる恒泰を見て、同情的な表情を浮かべる。

「実は妙ちゃんの病状が、よくないみたいで……」

恒泰はうなだれたまま、虚空を見つめていた。


賢斗は病院のベッドで目が覚めた。

ベッドの横に、虎爺が座っていた。顔がやつれていた。

「起きたか、賢斗」

「じいちゃん、ここはどこ？」

「病院じゃよ」

「痛っ」

頭を動かすと、ひどい頭痛が走った。寒気もある。

「動かんでいい。もう少し休んでおれ」

賢斗はベッドに横になった。しかし、なぜ病院にいるのかが分からない。

考えていたら、少しずつ思い出してきた。

「俺、穴に落っこちて……。じいちゃんが助けてくれたの？」

「ああ」

「でも、なんで？」

「実はな――」

虎爺の話は衝撃的だった。恒泰が、虎爺と賢斗の殺害を計画していたという。

「でも、どうして恒泰おじさんが？」

「わしの遺産が目的らしい。妻の病状が思わしくないんじゃと」

諒太郎は、母のためと説得されたらしい。

しかし、賢斗を井戸に突き落とすような真似《まね》はできなかった。そこで、賢斗がいる場所と井戸の延長線上に立った。賢斗が諒太郎を見つけて追いかけてくれば、勝手に穴に落ちるという寸法だ。

諒太郎は、賢斗が落ちたことを確認するため、井戸の中をのぞき込んだ。真っ暗だったが、下で賢斗がバシャバシャと溺れている音がする。父が言うには、井戸は涸れているということだったが、なぜか水がたまっているようだった。このままでは賢斗が溺死するのではないかと怖くなった。

助けを呼びに行くべきか。それとも、このまま父の言うことに従うか。

迷っていると、天使の声を聞いたのだという。

「いいのですか。放っておいたら、賢斗くんは死んでしまいますよ」

ふと横を見ると、若い女性がいた。

黒髪のショートカット。きれいなお姉さんだったという。

「君が殺したんですよ。一生、人殺しの罪を背負っていく覚悟があるのですか?」

「………」

「君はもう十一歳でしょう。自分の頭で考え、判断することができるはずです。嫌なことは嫌だと言いなさい。親に言われても、間違っていると思うことはやらなくていい。自分が正しいと思うことをすればいいのです」

諒太郎は返事ができず、下を向いていた。

顔を上げると、女の人はいなかった。

井戸の中では、バシャバシャと音がしている。賢斗は生きている。

今ならまだ、引き返せる。

諒太郎は天使の声に勇気をもらい、全速力で家まで戻った。虎爺に、賢斗が井戸に落ちたことを伝えたそうだ。

それで間一髪、助かった。

だが、そう言われても実感はわかなかった。恒泰の印象は、気弱なおじさんだ。どこか他人事のように思えた。

「諒ちゃんのおばさんって、そんなに悪いの？」

「ああ、新薬に望みを託すしかないらしい。しかし未承認薬だから、高額の医療費がかかるそうじゃ」


一週間が過ぎた。元の日常に戻っていた。

虎はいつも通り、畑仕事をしていた。賢斗は退院し、今は学校に行っている。特に変わった様子はないが、あれ以来、やんちゃさが鳴りをひそめた。元気がない。大人びてきたともいえる。

ふいに胃の痛みが襲ってくる。ここ一週間で痛みが増してきた。

死が迫っているのを実感する。どうやら運命にはあらがえないらしい。

気がかりは、残される賢斗のこと。

「ただいまー」

賢斗が学校から帰ってきた。ランドセルを放りだし、冷蔵庫を開けて、麦茶をコップに注いで一気飲みした。

「賢斗、ちょっとこっちへ来い」

「なに？」

賢斗と、卓袱台をはさんで向かいあった。

「おまえに言っておかなければならんことがある。わしは胃ガンじゃ。余命一年の宣告を受けた」

「……そう」賢斗に驚いた様子はない。「知ってた」

「知ってた？　誰から聞いた？」

「丑男のおっちゃん」

「なぜ、あやつが？」

「じいちゃんと野口先生が話しているのを盗み聞きしたって。じいちゃんが死んでも、おっちゃんが引き取ってやるから安心しろって言ってたけど」

「あやつめ。盗み聞きしとったのか。丑男の目的は、わしの遺産じゃろ。賢斗、丑男のことは信用するな」

「うん、信用してない」

「そうか。まあ、それなら話は早い。わしは余命一年じゃ。簡単に死ぬ気はないが、いつそうなってもおかしくないことは覚悟しておかなければならん。わしがいつ倒れて、口も利けなくなるかも分からんから、今、おまえに話しておく。わしとおまえの祖母、典子のことじゃ」

四十年前のこと。しかし昨日のことのように思い出せる。

「わしが梅子と結婚したのは、三十歳のときじゃ。お見合い結婚じゃった。当時、こんな田舎では恋愛結婚なんてあまりなかった。わしの父は軍人で、戦争で死んだ。母は叔父を頼って、子供を養った。わしは高校を出て、石油会社で働いた。見合い話は、その叔父が持ってきた。わしらは叔父に頼りきっていたから、逆らえん。梅子は、叔父の友人の娘じゃった。もともと好きでもなんでもない。お世辞にも、きれいなおなごとは言えんかったし。しかし当時はそれが普通じゃったから、特に疑問にも思わず結婚した。そして弦太と恒泰が生まれた。

その後、わしは叔父の後押しもあって村長になった。わしなりに村のために働いた。村の主要な産業は、農業じゃった。農業ができない冬の時期は、出稼ぎに出る。みな働き者じゃったが、暮らしは貧しかった。まあ、当然じゃ。村民は、読み書きさえ満足にできない者が多かった。仕事は、建築現場の下請け。安い賃金で、過酷な肉体労働をあてがわれる。業者に給料を持ち逃げされたり、無茶な工事現場で働かされて命を落とす者もいた。覚醒剤中毒になって帰ってきた者もおった。当時は高度成長期、建築現場で働く需要はたくさんあったが、労働環境は最悪じゃった。それで発展したのは都市部だけで、地方との格差は開く一方じゃった。

わしは教育を重視した。まともな教育を受けていないから、まともな仕事に就けない。知識や判断力がないから、搾取される。わしは、村の若者にそういう目にあってほしくなかった。だから教育に力を入れた。しっかりと考えることができる若者を育てようと思った。おまえに新聞を読めと、しつこく言うのはそのためじゃ。

わしなりに村長として努力した。典子と出会ったのは、そのころじゃ。典子は東京で暮らしておったそうじゃ。ただ、生きることに疲れて、この村にやってきた。おまえの父、まだ幼い達明を連れていた。息子ともども、入水《じゅすい》自殺するつもりだったようじゃ。わしがたまたま散歩していて、幼い子供を抱いて海に入っていく典子を見つけた。わしは海に飛び込んで、二人を助けた。

典子はお金をまったく持っていなかった。なけなしの金で電車の切符を買い、下りたのがこの村だったそうじゃ。わしは自殺を思いとどまらせ、典子と達明をこの生家に連れてきた。ここに住まわせて面倒を見た。わしとしては妾にしたつもりはないが、世間から見れば、そう見えたじゃろうな。

賢斗、わしはな、恋をしたんじゃよ。梅子とはお見合い結婚で、恋愛感情はなかった。わしはその年になるまで、恋愛感情というものを知らんかった。わしが幼いころは、本当に貧しくてみじめじゃった。そのあとは生きていくだけで精一杯。村長になってからは、がむしゃらに働いていた。典子と出会って、初めて恋愛というものを知ったんじゃよ。わしの初恋じゃ。青春が戻ってきたような気がして、感情を抑えられんかった。梅子より、典子を優先していたのは事実じゃ。叔父や妻の親戚、もちろん二人の息子からも非難された。それでも抑えられんかった。

梅子が亡くなったのは突然じゃった。風邪を引いて、一週間ほど臥《ふ》せっていた。しかし死ぬとは思わなかった。その日、わしは典子のところにいた。実は典子も病気で、わしが看病しておった。役場から連絡が来て、妻が危篤だと聞いた。慌てて病院に行った。着いたときには、もう死んでおった。そのときの二人の息子からの憎しみのこもった冷たい視線は、今でも忘れられん。

正直に言えば、わしにとって梅子は押しつけられた嫁じゃった。恋愛感情というものを持ってからは、わしはいろいろなことに疑問を持つようになった。そのお見合い結婚は、叔父にしてみれば政略結婚じゃった。叔父の友人といったが、叔父が経営していた会社の取引先でもある。会社同士のパイプを太くするための結婚じゃ。なぜわしがそんなことのために結婚しなければならんのかと、そのときになって疑問に思えてきた。それで梅子に対して冷たい態度になってしまった。

悪いことをしたと今では思っておる。特に二人の息子にとっては唯一無二の母であったことにちがいはない。

本音を言えば、典子と結婚したかった。梅子が死んだあと、典子と再婚することも考えた。だが、わしは村長じゃったし、叔父との関係や世間体もある。二人の息子もいる。だから結婚という形は取れんかった。

その叔父も死に、二人の息子も成人した。村長を辞めたあと、すっかり老いたが、この家で初めて典子と暮らした。わずかな日々ではあったが、幸せじゃったよ。弦太や恒泰から見れば、母をないがしろにし、妾にうつつを抜かしていた愚かな父じゃ。それでもわしは、二人の息子から憎まれようと、世間から後ろ指をさされようと、典子を愛していた。それだけは事実じゃ」

虎はそこまで話して、一息ついた。賢斗は、真剣な表情で聞いている。

「賢斗、おまえは父を覚えておるか？」

「ううん。お父さんもお母さんも覚えてない」

「三歳だから、無理もないか。おまえと達明はよう似ておる。やんちゃで、よく動く子じゃった。母を守らなければならないと、子供ながらに気を張っておった。東京に行ったあとも、働いて得た金を毎月、母に仕送りしておった」

「へえ」

「賢斗。これからわしが言うことをよく聞け。わしはいつ死ぬか分からん。おまえにはできるだけ多くの財産が残るようにしておく。その金で大学まで行け。しっかり勉強して、日本を背負って立つくらいの大きな男になれ。よいな。でも、もしなにかあったときは、弦太を頼れ。あいつは、わしには憎まれ口を叩くがな、性根は優しい男じゃ。おまえが頼れば、必ず助けてくれる」

「分かった」

「喜和子にも話をしておく。和菓子屋の女将《おかみ》を長年務めた、たくましいおなごじゃ。おまえの相談にも乗ってくれるじゃろう」

「うん」

「だが、丑男はダメじゃ。あいつの言うことは聞くな。あれはろくでなしの生きた標本じゃ。世の中には、ああいうダメなのもおる。ああいうのにかぎって、口だけは達者で、人の同情を誘うのはうまい。嘘ばかりついておるから、嘘をつくのは得意なんじゃ。決してだまされてはならんぞ」

「分かってる。丑男のおっちゃんは、子供でも平気でだますからね」

「あいつをよく観察しておけ。それも人生勉強じゃ」

「うん。でもさ、じいちゃん。俺にそんなにお金を残さなくてもいいよ」

「ん？」

「俺、勉強は好きだから、大学まで行くつもりだけど、べつにお金は残さなくていい。義務教育までは無料だし、今、国会で高等教育の無償化が議論されているから、俺が大きくなるころには実現されているんじゃないかな。ま、今の政治家はポンコツばかりだから、それも分からないけどね。でも、俺は交通遺児でしょ。事故や病気で親を亡くした子供でも、公平に教育機会が与えられるように、いろんな奨学金制度が用意されているんだよ。それをもらって大学に行って、卒業したあとに返済すればいいんだから、そんなにお金はいらない」

「よう知っとるな、そんなこと」

「だって俺、新聞読んでるからね」

「そうじゃったな。くくっ」虎は噛み殺して笑った。

「だからさ、俺にお金は残さなくていいから、諒ちゃんのおばさんを助けてあげてよ」

賢斗は精悍《せいかん》な顔で、虎にまっすぐ瞳を向けた。

虎は、なんだか肩の力が抜けて、うなずいていた。

「そうか。分かった。おまえがそう言うなら、そうしよう」

「うん」

賢斗は笑顔でうなずいた。ぴょんと飛びあがって、厠《かわや》に駆けていった。

「漏れる、漏れる……」

どうやら小便を我慢していたらしい。

「ふふふ」虎は笑った。

なんというたくましい子だろう。賢斗に教えることより、賢斗から教わることのほうがもっともっと見ていたい。

まだまだ生きていたい。賢斗を守るためじゃない。賢斗が大きく育っていくその先を、はるかに多い。

「わしもまだまだ死ねんな」

余命一年がなんだ。見苦しくあがいて、生きのびてやる。

賢斗は、一週間分の新聞を居間に広げていた。

退院したあとも、いまいち調子が出なくて、新聞を読んでいなかった。未読の新聞がたまっていた。

今日は穏やかな天気だ。鳥は自由に飛び、風は気ままに吹いている。海から聞こえてくる潮騒《しおさい》が心地よい。

新聞には、またもや問題発言で更迭された大臣の記事が載っていた。

「またか。そもそも、なんでこんな奴を大臣に選んだんだよ」

不思議なことに、日本では大臣を選ぶとき、その人の能力や資質はほとんど考慮されない。党内に派閥があり、多くの当選者を出した派閥から、多くの大臣を選ぶといった具合に、派閥間のパワーバランスで大臣が決まるのだ。

能力本位ではなく、派閥の力関係で選ばれているから、ミスマッチな人事が起きる。結果、大臣が的外れなことを言って無能をさらし、それが問題になって更迭される。そんなことをくりかえしている。

「本当にダメだな、日本の政治は。いつまでこんなことやってんだろ。でも、国民が悪いんだ。こんな奴を選んだのは国民なんだから」

新聞を読んでいると、丑男みたいにダメな人がよく出てくる。特に政界に多い。

「政治家って普段、何の仕事をしているんだろう?」

仕事らしい仕事はしていないように見える。政治献金を集めるためのパーティーとか、後援会との会食とか、親睦を深めるという名目のゴルフとか、視察という名の旅行とか、そんなことばかりしている。

広く社会に目を向け、問題点を発見し、解決するための方策を考え、それを実現するために必要な人材と予算を割りだし、広く国民に提唱するという、本来やるべきことをやっている政治家が、何人いるのだろう。

「こんな奴らが政治家なんだもんなあ。そりゃあ、何も変わらないよ」

賢斗が生まれるずっとまえから、問題として指摘されていることが、いまだに解決していない。

年金制度は、年金を納める現役世代が減り、年金を受け取る高齢者が増えて、収入と支出が合っていない。それも桁ちがいに。だったら支出を抑えなければならないのに、高齢者は選挙に行くから、政治家心理として年金は減らしにくい。それで足りていないぶんを税金で埋めている。でも、そもそも税収が足りていないので、現実には借金で埋めているのだ。

当然、財政は悪化する。いずれ破綻するまえに制度を変えるべきなのだが、政治家はリスクを先送りして、見て見ぬふりをするばかり。現状、景気がよくなって税収が増えることを期待しているだけの、神風待ち状態だ。

犯罪の被害者からみると、刑法の罪が軽すぎるというのも、昔から言われていることなのに変わらない。

格差もそう。正社員と非正社員で、同じ仕事をしていても待遇がちがいすぎる。政府は非正社員を正社員として登用するように企業に要請しているが、それにはパイを増やすための経済成長が必要で、一筋縄にはゆかない。正社員の待遇を引き下げて、そのぶんを非正社員に回すことで格差を縮小することもできるが、それには正社員側の既得権益を壊す必要があり、労働組合を敵に回すことになる。

結局、何もできずに放《ほ》ったらかし。非正社員層の未婚率の上昇、出生率の低下に歯止めがかからず、その悪循環が人口問題に波及している。

少子化対策も、根本的には育児にかかる費用を減らすことが大事だが、高齢者にばかり保障を手厚くしがちなため、若い世代にお金が回らない。保育所不足もあり、出産をひかえる女性が増えている。高齢者に苦い薬を飲ませても、少子化対策に乗りだそうという気概のある政治家はいない。日本の未来より、次の選挙で高齢者票を失いたくないという、スケールの小さい政治家しかいない。

今すぐできることがあるはずなのに、なぜやらないのだろう。そんなに難しいことではないはずだ。だって新聞に載っているようなことなのだから。

「政治家って、なにかやっているフリだけはするんだよな」

メディアが社会問題を取りあげる。政府はいちおう、なんとか委員会を作り、専門家を集めて対策会議を開く。でも、話しあった結果、大きく変えると反動がある、そうなったときに責任を取りたくないという理由で、先送りか、小さい変更に終わることが多い。そうしておこなった小規模な対策より、問題が悪化するスピードのほうが圧倒的に速くて、結果、焼け石に水となる。

焼け石を完全に冷やすには、反動を恐れず、腹をくくってやるしかない。でも、日本にはそんな肝のすわった政治家はいない。日本を変えるという信念はなく、できない理由を探すための非建設的な議論に終始して、お茶をにごしているだけだ。

政治家はよく、なんとか改革を立ちあげる。年金改革、公務員改革、働き方改革……。でも改革案が立ちあがると、必ず既得権益の壁にぶつかり、族議員などの抵抗勢力が出てきて、その根回しによって水面下で潰されるか、なんとなく先送りされる。同じことのくりかえしで、二十年前から指摘されている問題が変わることなく、慢性的な社会病理として定着してしまう。

政治資金をどう使ったかを、いちいち細かく申告していたら、事務手続きが煩雑になると言って抵抗した議員がいた。それを言うなら、個人や企業だって、税金を納めるための煩雑な事務手続きを要求される。煩雑だから、いちいち申告できないと言って、税務署が許してくれるのだろうか。

「結局、日本の政治家は想像力がないんだよな。自分の立場で、自分の都合を言っているだけなんだ」

子供を育てながら働いている女性が、保育所に子供を預けられなかったら、仕事を辞めるしかない。そういう人の立場になって考えるということをしていないから、ミスマッチな政策しか立てられない。

賢斗みたいに親のいない子供だって、お金はなくてもやる気さえあれば、大学まで行って勉強できるようにしてあげるのが政治家の仕事だ。

諒太郎の母もそうだ。新薬がすみやかに認可されて保険適用されていれば、恒泰だってあんなことはしなかったはずだ。厚労省の新薬の認可が、他の先進国に比べて遅いというのは、何十年もまえから言われていることだ。

そういう仕組みを変えられる人間が政治家になるべきなのだ。厚労省の役人の都合ではなく、製薬業界の利権でもなく、新薬に望みを託すしかない患者の立場に立って考えてあげなければならないのだ。

大事なのは、相手の立場になって考えてあげること。

「よし、決めたぞ。俺は政治家になる」

年寄りはダメだ。会期中の国会議員の顔を見れば分かる。居眠りしているのもいる。品のない野次を飛ばしているだけのバカもいる。

あんな間抜けな連中に、国の未来を決めさせてはいけない。若い人がやらなきゃいけないんだ。

「政治家になって、日本を変える。じいちゃんみたいな政治家になる。でも政治家になるのなら、もっと勉強しなきゃダメだな。明日から……」

「おまえはさっきから何を一人でぶつぶつ言っとんのじゃ」

虎爺が、ひょいと顔を出した。畑から取ってきた野菜を持っている。これから夕飯の準備だ。

「じいちゃん。今日の夕飯はなに?」

「カレーじゃ」

「カレー? やったー、よっしゃー!」

賢斗は、居間に広げていた新聞を片づけた。

木刀を持ち、庭に飛び出す。最近、素振りの回数を増やすことにした。朝だけでなく、夕方にも自主的にやることにした。

心を無にして、木刀を振りあげる。

大事なのは呼吸だ。丹田《たんでん》に力を集めて、息を吐くとともに振り下ろす。一回一回集中して、無心で木刀を振った。

ふと手を止める。

諒太郎が見たという天使は、誰だったのだろう。

天使の声、悪魔の声というのは、物語で読んだことがある。人の心には天使と悪魔が住んでいて、その人に向かってささやくのだ。良心と邪心の葛藤を、そのように比喩的に表現することがある。

しかし諒太郎は声を聞いただけではない。その目で天使を見ている。

あれ?

今、記憶がくすぐられた。最近、そんな人に会ったことがあるような……。

息を飲むほどきれいで、すごく魅力的で、でもちょっと怖くて。左耳にウサギのイヤリングが揺れている。

でも、思い出せない。記憶のどこを掘っても出てこない。ここに埋めたはずの宝箱なのに、誰かがいつのまにか持ちだしてしまって、掘っても掘っても出てこない。そんな感じがして、もどかしい。

天国にいる母が、賢斗を助けるために舞い降りたのだろうか。しかし母と呼ぶには若すぎる気がする。

あのとき何が起きたのだろう。

賢斗は死んだと思った。でも、ギリギリのところで助かった。救出が少しでも遅れていたら危なかった。奇跡的な力が働いたとしか思えない。

「もう一度、現れてくれないかな。諒ちゃんの前じゃなく、俺の前に」

賢斗は素振りを続けた。

体が大きくなったせいか、木刀が軽くなった。この木刀は虎爺の手作りだ。ナイフで木を削って木刀にした。小三のときなので、今の賢斗には軽い。

「よし、じいちゃんの木刀を持ってこよう」

虎爺の木刀を持ってきた。すごく重い。振ると、体がよれてしまう。

「じいちゃんは、いつもこんな重たいのを振ってんのか」

道理で、あの年でぴんぴんなわけだ。肉体的な衰えはまったくない。余命一年とは思えない。

「まあ、いいや。またじいちゃんに新しい木刀を作ってもらおう」

そうつぶやいて、考えをあらためた。

「いや、自分で作ろう。作り方を教えてもらえばいいんだ」

じいちゃんはいつか死ぬ。悲しいことだけど、運命だから逆らえない。

別れのときは来る。大事なのは、自分をしっかり持つことだ。そのために心と体を鍛えておく。

じいちゃんが死んでも、みなしごになっても、一人でも生きていけるように、強くなるんだ。

血がにじむほど、強く唇を噛んだ。青空を見上げた。

「えいやー！」

空に向かって吠え、木刀を振り下ろした。

【第3話】

土田裕太　19歳
浪人生

死因　焼死

To a man who says "Who killed me,"
she plays a game betting on life and death.

1

夏目広西《なつめこうせい》は、転校生としてやってきた。

夏休み明けの九月一日。

六年一組の教室。チャイムが鳴り、土田裕太《つちだゆうた》は席についた。教室のドアが開き、夏目は担任教師のあとに入ってきた。

風貌からして異質だった。ランドセルが似合っていない。日本人にしては、あるいは子供にしては、角が立ちすぎている。暗い眼光は、共食いするカマキリを連想させた。長めの黒髪は、軽くウェーブがかかっていて、整髪料をつけているのか、ぬれて光っていた。目にかかるほど前髪が長かった。

不協和音が流れた。

夏目に緊張は見られなかった。人をななめに見るような視線で、涼しげに教室を見まわした。表情は乾いているのに、目はぬめっとしている。

ここ埼玉県春日部市《かすかべし》では、まず見かけない服装だった。夏のこの時期なら、半ズボンにTシャツといった格好が普通だが、夏目は私立小の制服のようなスーツ姿だった。あとで知ったことだが、アルマーニだった。

服装はおぼっちゃま風なのに、目つきは反抗的。不遜で、シニカルで、上唇の出ばった口からは今にも皮肉が出てきそうだ。

そのギャップのせいで、居心地が悪くなる。

担任教師が黒板に「夏目広西」と書いた。夏目に自己紹介するように言った。

「夏目広西です。どうも」

夏目はすでに声変わりしていた。媚びる気のない低音、面倒くさげな言い方、頭を下げもしない。その態度に、担任教師は少しいらついた様子だった。

二学期のはじめということで、席替えのくじ引きをした。

土田の前の席に、夏目が座った。

一時間目が終わったあと、夏目がふいに振り向いた。

「よろしく」と夏目は言った。

「あ、ああ、よろしく」

「えっと、名前は?」

「土田裕太。ツッチーって呼ばれてるから、そう呼んで」

「俺のことはコーセーって呼んで」

夏目とはすぐになかよくなった。

夏目は転校初日こそアルマーニだったが、翌日からは普通になった。着る服はほとんど黒。体が細く足が長いので、とてもスタイリッシュに見える。体操着姿になると、まるで大人が子供服を着ているように見えた。

夏目と一緒にいても楽しくはないが、気楽だった。にぎやかな場所が苦手という共通点もあって、いつも一緒にいた。クラスには、運動が得意なわんぱくグループ、アニメやゲームが好きなオタクグループ、塾通いの優等生グループがあったが、二人はどこにも所属しなかった。無所属のハミダシ組だったかもしれない。

ただし、一緒にいるのは学校だけ。

夏目のプライベートは知らない。親の職業も、兄弟がいるのかも知らなかった。金持ちなのは察せられたが、夏目は自分からは話さなかった。

土田もあえて聞かなかった。

土田は母と暮らしている。シングルマザー世帯で、父のことは知らない。離婚したのではなく、はじめからいなかった。母は自堕落な女で、水商売をしていた。給食費すら滞納するような、貧しい暮らしだった。

自分が聞かれたくないことは、相手にも聞かない。夏目も土田のプライベートは聞いてこなかった。

帰る方向が同じなので、いつも一緒に帰った。二人で並んで歩き、土田のアパートの前まで来たら別れる。「じゃあね」と土田が言うと、夏目は「じゃ」と短く言って、ポケットに手をつっ込み、似合わないランドセルを背負った背中を丸めて、ガムを嚙みながら、死んだような顔で帰っていった。

夏目の家に行ったことはない。どこにあるのかも知らなかった。

夏目が土田をどう思っていたのかは分からない。当時、二人でどんな会話をしていたのかも、まったく思い出せない。会話らしい会話はしていなかったかもしれない。なんとなく一緒にいて、沈黙を共有していただけかもしれない。

「ツッチーって呼んで」と言ったのに、夏目は「土田」と呼んでいた。「コーセーって呼んで」と言われたのに、土田は「夏目」と呼んでいた。それが二人の距離感だった。

夏目の冷酷な一面について。

放課後、土田は校庭にいた。クラスメートの一人が虫捕りの網を持ってきて、昆虫を捕まえようと言いだした。土田も誘われた。夏目は誘われなかったが、なんとなく土田のあとをついてきた。

夏目は無愛想な顔だった。土田が行くから、仕方なくという感じ。こういうときの夏目は本当に感じが悪かった。

学校の裏庭に池があり、ヤゴが育つ。校庭には多くのトンボが飛んでいた。夕日に照らされて、地面に無数の影を作っていた。

土田はトンボ捕りに夢中になった。そうはいっても、まだ子供だったのだ。トンボ返りとはよく言ったものだ。網を振ると、トンボは危険を察知して、宙返りしてかわす。トンボの不規則な動きを読み、逃げる方向に網を合わせていかないといけない。小学生には難しく、一匹も捕まえられなかった。

夏目のことは忘れていた。

ふいに夏目が目に入る。夏目は、校庭をしきる金網のフェンスに寄りかかって、何かをつまんでいた。

トンボだった。

網もないのに、どうやって捕まえたのかは分からない。

次の瞬間、夏目は四枚あるトンボの羽を一枚、もぎ取った。それを捨て、さらに一枚、もぎ取る。四枚ともむしり取り、トンボは一本の棒になった。その胴体を、まるで食べ終わったアイスの棒を捨てるみたいに、地面に落とした。

夏目が顔を上げたので、土田は顔をそむけた。

見てはいけないものを見た気がしたのだ。他のクラスメートが、夏目を見ていなかったことになぜか安心した。

夏目について覚えていることがもう一つある。

夏目は成績がよかった。ほとんどのテストで百点だった。それも当然だ。要するに、夏目はもう大人なのだ。大人が小学生のテストを受けているのだから、百点を取ってあたりまえ。夏目は喜ぶでもなく、誇るでもなく、その答案用紙をくしゃくしゃっと丸めてゴミ箱に捨てていた。

授業は聞いていなかったし、ノートも取らなかった。かといって居眠りするわけでもなく、授業中はもっぱら本を読んでいた。大人が読むような文庫や新書だった。特に戦争に関するものが多かった。

夏目は戦争が好きだった。

軍事兵器や銃器について書かれた図鑑、ノモンハン事件などの戦記もの、イラク戦争に関する本を読んでいた。そこには死体の写真も載っていた。化学兵器で虐殺された死体の山、空襲でバラバラになった肉体の破片、喉を切られて処刑されたイラク人兵士。顔をそむけたくなるような写真だったが、夏目は平然としていた。死体の写真を見つめる夏目の顔は、トンボの羽をむしっていたときと同じだった。

いつだか、夏目が文庫を読んでいた。文庫にはカバーがかかっていた。「何を読んでるの?」と聞いたが、「べつに」と答えただけ。あとで夏目がトイレに行っている隙にこっそり見ると、太宰治《だざいおさむ》の「ヴィヨンの妻」だった。

当時、太宰のことを知らなかったが、その名前とタイトルは覚えていた。のちに高校生になり、学校の図書室に太宰の全集があるのを見つけて読んでみた。夏目はこれを小六のときに読んでいたのかと、不思議な気持ちになった。

「杉尾《すぎお》のこと、どう思う?」

学校の帰り道、夏目が言った。たぶん一月のことだ。

杉尾は担任教師である。当時、二十九歳。近く結婚するという話だった。俳優っぽい顔立ちで、女子には人気があった。

「どうって?」

「好きか、嫌いか?」

「嫌い」と土田は答えた。

「どれくらい?」

「どれくらいって?」

「殺してやりたいとか」

「殺してやりたいほどじゃないけど、死んでくれてかまわない」

夏目はくすっと笑った。

いや、笑ったのかどうか。いずれにせよその表情は、煙が空中で溶けるように、すっと消えた。いつもの沈黙が戻った。

土田は杉尾が嫌いだった。

一学期に「私の大切な人」という題で、作文を書く授業があった。「大切な人」が思い浮かばず（母は大切な人ではない）、そのころ近所をうろついていた野良猫のことを書いた。自分ではうまく書けたと思ったが、猫は人ではないという理由で、0点をつけられた。もともと嫌いだったが、輪をかけて嫌いになった。

夏目も杉尾を嫌っていることは知っていた。その理由は、少なくとも二つあった。

一つは、いつだかの朝礼。

土田と夏目は身長が同じで、背の順に並ぶと、土田の前が夏目だった。壇上に立つ校長が道徳的な話をしていた。子供には長いと感じられる時間が過ぎ、退屈しはじめていたとき、前に立つ夏目がゆらゆら揺れていた。

夏目は片足立ちをしていた。左足だけで立ち、左右に微妙に揺れている。

杉尾が気づいて駆けてきた。「ちゃんと立て」と低い声で恫喝《どうかつ》した。それから夏目の左足をきつめに蹴った。

周囲がざわついた。怪我をするほどではないが、体罰にはちがいない。他の教師が驚いていた。校長だけ気づかず、道徳的な話を続けていた。

夏目が杉尾をにらみつける。

その反抗的な目つきに、杉尾が舌打ちした。しかしその場では何も言わず、黙って離れた。夏目の目つきはしばらく変わらなかった。

もう一つは、冬休み明け。

三学期のはじめに、席替えのくじ引きがあった。

土田は教室中央、夏目は窓際になった。しかし夏目は、土田の近くがよかったのか、土田の前の席になった生徒に、席を替わってくれないかと頼んだ。その生徒は、窓際のほうがいいと思ったらしく、快諾した。

それを見ていた杉尾が、突然、怒鳴った。

「なに勝手に席を替わってんだよ！」

朝礼ではなく、自分の教室だったので、杉尾は気がねなく大声を張った。

杉尾は席を戻させた。夏目は片足立ち事件のときと同様、反抗的な目つきを浮かべていた。

杉尾は、狭量な教師だった。生徒が少しでも気に入らない行動を取ると、強権をふるって怒鳴る。たいして意味のないことでも、自分のやり方にそわなかったというだけで、みなの見ているまえで屈辱を与えるような怒り方をする。教師の命令通りにしない生徒は嫌いな、独裁者タイプだった。

一方で夏目は、はなから目上の人に対して敬意を払うつもりがないという、およそ子供らしくない顔つきをしている。子供にしては自我が確立されているため、教わることが得意ではなく、教師に言われるままに従う生徒でもなかった。それでいて勉強はできる。不遜で、かわいげのない生徒だった。

二人の相性は最悪だったのだ。


二月のことだった。卒業式が近づき、その準備がはじまるころ。

バンッ。

突然、爆発音が鳴り響いた。

職員室内から聞こえた。土田はたまたま職員室の前の廊下を歩いていた。

悲鳴やら怒声やらが聞こえた。「救急車!」と誰かが叫び、「大丈夫ですか?」といった言葉が飛びかっている。人が駆けまわる足音がした。職員室のドアが開き、先生が数人、血相を変えて飛び出していった。

土田は足を止め、職員室のほうを見ていた。「教室に戻りなさい」と知らない先生に言われて、教室に戻った。したがって事件を直接、目撃したわけではない。

あとで聞いた話によると、
杉尾は喫煙者である。職員室の奥に喫煙所があり、そこで煙草を吸おうとした。そのとき一緒にいた同僚によれば、杉尾が煙草をくわえ、火をつけて煙を吸い込んだ瞬間に、その煙草が爆発したという。

火花とともに、鮮血が散った。杉尾は卒倒した。

刑事事件となった。

のちの捜査で、煙草に爆薬がしかけられていたことが分かった。煙草に火をつけたことによって引火した。口にくわえていたので、まさに目と鼻の先で起きた爆発だった。杉尾は顔面と指に重傷を負い、意識を失った。

生徒たちには詳しい捜査情報は伝えられなかったが、結論から言うと、犯人は捕まらなかった。

煙草自体は、杉尾が二日前にコンビニで買ったものである。犯人は一本の煙草から葉をほじくり出し、中に爆薬をつめて、ふたたび葉でふたをした。多少は重さがちがっていたはずだが、杉尾は気づかなかった。

どの時点で混入されたかも特定できなかった。製造過程か、流通過程か、それとも購入後か。杉尾は煙草の箱を、職員室の自分のデスクに置いていた。そのため職場の同僚も疑われた。爆発した煙草は、あとかたもなく消えたため、証拠として残っていない。煙草の箱からは、杉尾の指紋以外、検出されなかった。いずれにしても、犯人は捕まらなかったという結果だけははっきりしている。

杉尾は入院した。唇と舌が吹き飛び、右手の人差し指と中指が欠損したという話だ。視力を失ったという噂《うわさ》もあった。どうあれ、杉尾は教室に戻らなかった。卒業式までは副担任が引きついだ。

だが、土田には分かっていた。

犯人は夏目だ。

一番の根拠は、その手口。煙草に爆薬をしかけるという発想や、いっさい痕跡を残さない用意周到さ。その場では反抗せず、家に帰ってから復讐《ふくしゅう》計画を練るというのも夏目らしい。夏目が自分の部屋で、耳かきのようなもので慎重に煙草の葉をかき出している姿が目に浮かんだ。事件が迷宮入りしたのは、警察が小学生を容疑者リストに入れていなかったからだ。

「おまえがやったのか?」とは、さすがに聞けなかった。聞いたところで、「まさか」と乾いた表情で答えるだけだろう。

杉尾が病院に運ばれたと副担任から告げられたとき、さりげなく夏目の横顔を見た。夏目はいつもと変わらない無表情だった。

事件から一ヵ月が過ぎ、卒業式をむかえた。

夏目はあのアルマーニのスーツを着てきた。夏目の両親が卒業式に来ていたのかは知らない。土田の母は来ていなかった。

式が終わり、二人で帰った。土田のアパートの前まで来て、「じゃあね」と言うと、夏目は「じゃ」と言って、自宅のある方向に帰っていった。

これが最後の別れになるとは思っていなかった。うちの小学校の生徒は、みんな同じ中学に入る。夏目も同じ学校に入学するものと思っていたのだ。

しかし中学の入学式、夏目はいなかった。聞いた話では、夏目は私立中学に進学したらしい。そして東京に引っ越したという。

まったく聞いていなかった。

いつ受験したのかさえ覚えがない。受験があったのは、あの杉尾の事件があったころだと思うが、夏目はひとことも言わなかった。

「じゃ」

卒業証書の筒を持ち、アルマーニのスーツを着て、歩き去っていったあの後ろ姿が最後だった。

しかし、あれほど鮮烈な印象を残した人間は、あとにも先にも夏目だけだ。あの小学生らしからぬ目つきは、夏目広西という名前とともに、いつまでも心に残り続けた。いま思えば、再会の予感があったのかもしれない。

ふと思い出す。

中学生になり、高校生になった夏目は、どんなふうになっただろう。

夏目だって年を取る。身長も伸びるし、顔つきも変わる。性格や考え方だって変わるだろう。

でも、うまくイメージできなかった。夏目は夏目のまま、変わらない気がした。進歩も退化もしない。成長も堕落もしない。反省も後悔もしない。丸くもならない。いつまでも大人をにらみ続ける、あの目つきのまま。

そして夏目を思い出すたびに確信する。杉尾をやったのは夏目にちがいない、と。


母が死んだ。

土田が高三の秋のことだった。

母は水商売の仕事を終えたあと、知人の男と飲んでいたらしい。朝帰りして、眠りについた。自宅が火事になり、焼死した。

原因は、母の寝煙草だった。

アパートは全焼した。他の住民はすぐに避難したため、死傷者はいなかった。

母が死んでも悲しくはなかった。生きていても何ももたらさない無益な人間だったし、死ぬべくして死んだのだと思った。

いいことは二つあった。母が簡易保険に入っていて、一千万円が下りたこと。お荷物がいなくなり、土田が自由になれたことだ。

小学校の卒業式から六年が過ぎていた。

高校は卒業した。春が終わり、梅雨に入ってじめじめしてくるころ。

土田は今、受験勉強に励んでいる。

母が死ぬまでは、高卒で就職するつもりだった。内定がもらえず焦っていたさなか、母が死に、一千万円が入った。

そのとき大学進学という選択肢が土田の前に下りてきた。

しかし受験まで数ヵ月しかなかった。受験勉強などまったくしていない。

そこで一年、浪人することに決めた。金に余裕はないので、安いワンルームを借り、予備校にも通わず、自力で勉強することに決めた。

自宅アパートは古く、隣の部屋のテレビの音も聞こえてくる。もっぱら図書館で勉強していた。

その日も図書館にいた。

疲れを感じて、外に出た。ベンチに座って缶コーラを飲みながら、なんとなく英単語帳を開いていると、

「あれ」声がした。

目の前に男が立っていた。同年代の男だ。

ひと目で夏目だと分かった。

容貌はさほど変わらない。目にかかる前髪も、体の細さも、眼光の暗さも同じ。大人び

た子供が、そのフォルムのまま大きくなった感じだ。

強烈な印象は、六年前と変わっていなかった。

「土田？」夏目は言った。「やっぱり土田だ。久しぶり」

土田はとぼけた。誰か分からないフリをした。

「あれ、分からない？　俺だよ、夏目。忘れちゃった？」

やり過ごせないかと思った。しかし夏目は、完全に土田だと分かっている。

夏目は近づいてきた。

「小六のときに転校してきた夏目だよ。ほら、いつも一緒に帰ってたじゃん」

「ああ、夏目か。久しぶり」

さすがにとぼけるのは難しかった。また、当時に比べれば、柔らかい印象になっていたことにも少し安心した。

夏目は言った。「なつかしいな。卒業式以来だ」

「ああ、そうだな」

「今、なにしてるの？」

夏目は、土田が手にしている英単語帳を見つめた。

「これって受験用？　ってことは浪人生？」

「うん」

土田は簡潔に説明した。予備校には通っておらず、一人で勉強していること。近くに住んでいて、この図書館をよく利用していること、など。

「夏目は、今なにしてるの?」

「俺は働いてる。フリーのプログラマー」

「プログラマー?」

「企業からの要請でアプリを作ったり、自分が作ったアプリを一般ユーザーに売ったり。まあ、現状は大手の下請けだけど」

夏目は名刺を取りだして、土田に渡した。

フリーなので、所属先は書いていない。名前と連絡先が書いてあるだけのシンプルな名刺だった。

名刺を見て気づいた。「夏目行成《ゆきなり》」と書いてある。

「なつめ……、ゆきなり? ……あ、これで『こうせい』って読むのか」

「本名は『ゆきなり』だよ。あだ名で『こうせい』って呼ばれていただけ。そうとも読めるから」

「あれ、広いに西で、『広西』じゃなかったっけ?」

「ちがうよ。『行成』だよ。どこでどう間違ったんだよ」

「そうだっけ。俺の勘違いか」

子供のころの記憶なので、はっきりしない。確か「夏目広西」だった気がしたが。

夏目は高二で中退し、フリーのプログラマーになったという。正確には、在学中にプログラマーの仕事をしていて、それを高校側にとがめられた。禁止されているアルバイトと見なされたようだ。それなら辞めますと、夏目はあっさり退学届を出し、そのままプログラマーの仕事を続けた。

夏目らしいエピソードに思えた。あの小学生が大きくなったらこうなると、すんなりイメージできた。夏目には、すでに社会人としての風格があった。自分で稼いだ金で生活しているという独立心が、顔つきに出ている。

土田は少し、引け目を感じた。

夏目は蕨市《わらびし》に一人暮らししているという。今日は取引先との打ち合わせがあり、この町に来ていた。たまたま図書館の前を通ったら、土田が目に入ったそうだ。

夏目の携帯に着信が入った。

スマホを取りだして、メールをチェックしていた。

「仕事のトラブルだ。すぐに行かなきゃ」

夏目はスマホを持ったまま、「じゃ」と短く言って、駅の方向に走っていった。

土田は名刺を持ったまま、駆け足で去っていく夏目の姿を見つめていた。

「じゃ」に聞き覚えがあって、なつかしかった。とはいえ、携帯番号を聞かれなくてよかったと思った。

一週間後。

土田は図書館の外に出て、自販機で缶コーラを買った。立ったまま飲んでいると、後ろから声をかけられた。

「炭酸ばかり飲んでると、歯が溶けるぞ」

振りかえると、夏目がいた。

「今日も図書館で勉強？」と夏目は言った。

「ああ。夏目は？」

「今日も取引先と打ち合わせ」

「へえ」

「会議が好きな会社で、困っちゃうよ。大口の取引先だから、仕方なく付き合っているけど。ところで、夕飯は食べた？」

「いや、まだだけど」

「だったら一緒に食べない？　近くにうまいラーメン屋があるんだ。おごるよ。学生さんには払わせられないから」

一瞬、ためらった。警戒心が出る。とはいえ、六年ぶりに再会した一週間前よりはいくらか薄れていた。

子供のころの印象が強かったが、今はもう、お互いに大人といっていい年齢だ。特に夏目はもう働いている。あらためて考えてみれば、杉尾をやったのは夏目だという証拠は特にない。そもそも小六の子供にできることだろうか。ただの思いすごし、もっと言えば夏目に対する偏見のようにも思えてきた。

夏目がトンボの羽を引きちぎって殺していたのは事実である。しかし土田だって蟻《あり》を踏んづけたり、カマキリを池に落として溺れさせたりしたことはある。子供ならそれくらいはやるだろう。

夏目の顔を正面から見てみた。

小学生のときと同じ、怜悧《れいり》な顔をしている。

しかしそれだって生まれつきの顔にすぎない。醜い顔だからといって、心まで醜いとはかぎらない。表情が冷たいからって、心まで冷たいとはかぎらない。

「いいよ」と土田は答えていた。

勉強を早めに切りあげて、ラーメン屋まで行った。夏目が食券を買い、カウンター席に座った。塩ラーメンと餃子《ギョーザ》、千百円分が夏目のおごりだった。

「電話番号、交換しようか?」と夏目が言った。

「いいよ」

その場で携帯番号とメールアドレスを交換した。

特に会話はなかった。土田は受験勉強の進捗《しんちょく》具合について少し話し、夏目は仕事の内容を話した。それで夕食を終えて、ラーメン屋の前で別れた。

「おごってくれてありがとう」と土田は言った。

「こっちに来る用があったら連絡するよ。またメシでも食べよう」

「ああ」

「じゃ」

夏目は背中を丸めて、駅の方向に歩いていった。


電話があったのは、その五日後だった。

また取引先との会議があり、帰りに夕食でもどうかと言った。

土田は図書館で勉強するだけの日々だ。高校卒業後、連絡を取りあう友だちもいない。特に用事はなかった。

「いいよ」と答えた。

午後六時、図書館の前で待ちあわせた。

それからちょくちょく夏目と会うようになった。

夏目が仕事でこっちに来たとき、一緒に夕食を取り、そのあとカラオケに行ったりもした。夏目は歌がうまかった。古い歌を好んで歌った。井上陽水《いのうえようすい》や小田和正《おだかずまさ》、意外なことにドリカムや中島《なかじま》みゆきまで。土田にとってはいい気晴らしになった。代金はつねに夏目が払ってくれた。

会話が弾むわけではない。しかし無言でいることに気づかないくらい、気楽な相手ではあった。夏目は不必要なことは言わなかった。なにか話すときも、内容がコンパクトにまとまっているので、長話にならない。話題によっては饒舌《じょうぜつ》になることもあった。会話の中に、仮想通貨や日銀の金融政策、ＡＩや国際情勢に関することが普通に入ってくる。新聞を読んでいる同年代に会ったのは初めてだった。「最近、面白い映画ってないよね」とか、普通っぽいことも言った。

土田が知っている夏目は、戦争が好きだったはずだが、そういう血なまぐさい話題は出なかった。

夏目がおしゃべりではない証拠に、自慢話はいっさいしなかった。他人のプライバシーに関することもいっさい聞いてこない。人間関係には一線を引くタイプで、べたべたしたところがなかった。だから母が死んだことも、べつに隠していたわけではないが、話すタイミングを見つけられずにいた。

そう、夏目は変わったのだ。

しゃべり方も、他人との距離の取り方も、ちゃんと大人になっていた。

普通の十九歳ではないかもしれない。高校を辞めて、フリーのプログラマーになるという決断をその年齢でするというのは、さすがになかなかないだろう。とはいえ、夏目なりに社会経験を積んで、一般常識や処世術、コミュニケーションスキルを最低限は身につけたのだ。無意味だと思いながらも、取引先との打ち合わせには必ず出席するように、我慢することも覚えた。

土田の知る夏目は、個人主義者で、集団に属せず、他人と希薄な関係しか築けない人間だった。今も本質は変わっていないかもしれない。それでも、夏目なりに社会と折り合いをつけていく術《すべ》を身につけていた。小学生のときはむきだしだった感性を、しまっておく鞘《さや》を手に入れていた。

夏目はいつも気前よく金を払った。たまには俺が払うよ、と土田が言うと、

「いいって。金を持っているほうが払えばいいんだ」

夏目はさらりと言った。

とはいえ、夏目は夏目だと思えることもあった。

あるときのこと。

募金を呼びかけている慈善団体の一群があった。アフリカの難民を救済する活動をしているらしい。

そのなかの一人、大学生らしき男が進みでて、夏目と土田の前に立った。

「寄付をお願いします」

思わず足を止めてしまった。

土田はボランティアが好きじゃない。「いいことやってます」という自己満足げな顔も、その奥にある優越感も、すべてが不快だ。なにより気に入らないのは、自分は安全地帯にいながら、愛や平和を訴える厚顔無恥《こうがんむち》なそのツラだ。

土田は夏目の横顔を見た。

夏目は、トンボの羽を引きちぎっていたときと同じ顔をしていた。

「やだ」と夏目は言った。

「えっ」

「人に寄付を頼むなら、そのまえに、まずはおまえの全財産を差し出せよ」

「えっと……」

「募金をつのる暇があったら、その時間でバイトして、給料をすべて寄付すればいいじゃないか」

男は、年下らしき夏目に言われて、うろたえていた。関わってはいけない相手と関わってしまったような困り顔だ。

「その服、いくら?」

夏目は、男の着ているジャケットを指さした。

「ブランド物だよな、それ。二万円はするだろ。おまえごときが着る服なんて、千円のTシャツで充分だ。残りの一万九千円を寄付したら、おまえが救いたいと思っている難民のためになると考えたことはないのか」

「えっと、その……」

「こいつは貧乏学生なんだ。大学進学のために働きながら勉強しているが、ぜんぜん学費が足りないんだ。こいつの将来のために、一万円寄付してくれよ」

　夏目は手の平を差し向けた。

「なあ、金をくれよ」

「…………」

「自分が寄付を頼むのはいいが、頼まれる側になったら断るのか。それは自己矛盾じゃないのか」

「…………」

「自分はなんて薄っぺらい偽善者なんだろうって思ったことはないのか」

「…………」

「なあ」

　男はたじろいでいた。募金箱を首にぶら下げている姿が滑稽だった。他のボランティアが異変に気づき、視線を向けていた。だが、誰も近づいてこなかった。

「どけ」

夏目が言うと、男はすみやかに道を開けた。

夏目はすたすた歩いていく。もう終わったことのように、顔に表情はなかった。

ああ、やっぱり夏目だ、と思った。


七月中旬。いつものようにファミレスで食事をしていた。

夏目が言った。「受験勉強、どう?」

「まあまあだな」

「どこの学部、受けるの?」

「経済学部」

「なんで?」

「特に理由はないけど、就職するときに文学部とかよりは有利かと思って」

会話がとぎれた。それ以上のことは、土田が自分から言わないかぎり、聞いてこないのが夏目だ。

「夏目ってどこでパソコン覚えたの?」

「独学。好き勝手いじっているうちに自然に覚えた」

「いつから?」

「はじめたのは小一。見よう見まねで遊んでいたら、いつのまにかスキルが身についていて、そこにたまたま需要があったから、スキルを金に換えられたってことだな。クリエーターなんて、そんなものだろ。子供のころの遊びの延長を、運もあって、うまくビジネスに乗せたというだけ」

「でも、好き勝手にいじっているうちに覚えるものかな」

「才能があったんだろ」

夏目は照れもなく、真顔で言った。

「泳ぎ方を教わっていないのに、いきなり海に飛び込んで、バシャバシャ溺れているうちに、いつのまにか泳ぎ方を覚えてしまう。それが才能だ。学校に行って泳ぎ方を教わってから海に飛び込むなんて、二流の証《あかし》。そもそも学校で教われるのは、波のないプールでの泳ぎ方だ。現実の海には、高波もあるし、渦もあるし、サメもいる。そういうリアルな世界での泳ぎ方は、学校じゃ教えてくれない。学校で教わったことは、社会に出たら役に立たないってよく言うだろ」

「さすが、言うことが深いな」

「海に飛び込んでみることだ。動機はなんでもいい。才能さえあれば、泳ぎ方なんて勝手に覚える」

「才能がなかったら?」

「死ぬだけだ。たいしたことじゃないだろ」

「おまえと話していると、自分がすごい凡人に思えてくるよ」

「学校で学べるのは、既存の知識だけだ。それだけなら、高い授業料を払って大学に行かなくても、本やネットで調べればいい」

「受験生に大学不要論を説くのはやめてくれ。モチベーションが下がるだろ」

すごい奴なのだろう、と思った。

こういう考え方ができるから、高二ですぱっと学校を辞められるのだ。すごい奴というのは、はじめからどこかしら変わっている。夏目という個性は、小六の時点ですでに完成されていた。

夏目は小食なうえに、食べるのが早い。先にパスタを食べ終え、ドリンクバーでコーヒーをおかわりしていた。

「そういえば、土田のおふくろさん、元気？」

「おふくろ？」

夏目が「おふくろ」などという古い言いまわしを使ったのに驚いた。夏目には、こういうとぼけたところもある。

ふと思い出す。夏目は一度、母と会ったことがある。

学校帰りだった。土田のアパートの前まで来たとき、ちょうど母が部屋から出てきて、はちあわせになった。

「あら、裕ちゃん」

母はひと目見て、水商売と分かる服装をしていた。露出が多く、化粧も香水もきつい。知らない男に買ってもらったバッグ。年のわりに短いスカート。開いた胸の谷間。

気まずかった。夏目には母のことを隠しておきたかった。

母は、無神経にじろじろ夏目を見つめた。

「あんた、見ない顔ね」

「夏目です。二学期から転校してきました」

「へえ」

母はしばらく夏目を見下ろしていた。どういう印象を抱いたのかは分からない。

母は財布を取りだし、千円札を三枚抜きとって、たたんで土田のポロシャツの胸ポケットに入れた。

「これでゲーセンでも行って遊びな」

母は、これで母親らしいことをしているつもりなのだ。夏目の前で見栄《みえ》を張って、自分が母親らしいと思っていることをしたのだ。母は意外と世間体を気にしている。それが世間の感覚とはいつもズレているのだが。

久しぶりに母のことを思い出した。

「死んだよ」と土田は言った。

「えっ」

「火事で。自分の寝煙草が原因だったから、自業自得だ」

「そうだったのか。ごめん、よけいなことを聞いて」

「いいよ。べつに悲しんでないし」

「でも、じゃあ、今はどうしてんだ？　土田って確か、父親はいなかったよな」

土田に父はいない。母は貞操《ていそう》観念のない女で、誰とでも寝た。その中の一人が土田の父で、要するに、母にも父が誰なのか分からないらしい。

「ああ。ついでに言うと、祖父母もいない」

母は十代のとき、実家に勘当された。土田は祖父母の名前も住所も知らない。

「じゃあ、生活費はどうしてんだ？」

「母が保険に入っていて、一千万円が下りた。それでしばらくは暮らせるし、学費にあてようと思っている」

母が死んだあとの状況を少し話した。

就活中だったが、母の死によって大学進学の選択肢が生まれたこと。金に余裕はないので、予備校には通っていないこと。

「夏目は蕨市に一人暮らしってたよな。両親は?」

「長崎。もともと長崎出身で、そっちに戻った」

「ふうん」

話しぶりから、両親との関係は希薄なのだろうと察せられた。

会話はとぎれた。

他にも聞きたいことはあった。夏目の年収、仕事内容、再会までの六年間のこと。しかし、あえて踏み込まなかった。お互いに身の上話をするのは初めてだった。流れでそういう会話になったが、本来、プライベートには立ち入らないのが、小学生のころからの二人のルールである。

夏目に彼女はいるのだろうか。

それも聞かなかった。たぶんいないのだろうと思った。

お互いに友だちのいない人としか友だちになれないタイプだ。どちらかに恋人ができたら、自然と会わなくなる気がした。

土田も食事を終え、ドリンクバーでおかわりした。

夏目は言う。「受験勉強って、一日にどれくらいやるの?」

「その日にもよるけど、五、六時間かな」

「一日中ってわけじゃないんだな。だったら、うちで少しバイトしないか?」

「バイト?」

「一日三時間。時間の融通は利くから、勉強の妨げにはならないと思う。期間は夏のあいだだけ。三週間ほど。時給は、そうだな、二千円でどう?」

「二千円!」

「もちろん交通費も出す」

「でも、どんな仕事? 俺、パソコンなんてろくに使えないぞ」

「キーボードは打てる?」

「まあ、それくらいなら」

「それなら大丈夫だ」

「場所は?」

「俺の自宅に来てくれれば」

実際、バイトしようかとは思っていた。一千万あるといっても、先々のことまで考えると、そんなに余裕はない。かといって勉強の妨げになっては困るし、時間的に融通の利くバイトも少なく、あきらめていた。

その点、夏目のところなら気を使う必要はない。一日三時間なら勉強にさしさわりもなく、むしろ気晴らしになる。なにより夏目の仕事に興味があった。

「じゃあ、やろうかな」

「助かるよ。それじゃあ三日後、午後四時から七時でいいか。三時半に蕨駅の改札で待ち合わせ。仕事内容はそのときに」

蕨駅の改札を出ると、夏目が立っていた。

夏目は壁に背中をあずけて、けだるそうにスマホを見ていた。土田が声をかけると、顔を上げた。

「こっち。ちょっと歩くけど」

夏目のあとをついていった。駅から少し離れると、畑が広がっていた。

「田舎だろ。都会は騒々しくて苦手なんだ」

徒歩十五分。

普通の木造アパートだった。

築年数は古そうだが、壁を塗りかえているため、新築感がある。一階に二部屋、二階に二部屋。二階の左が、夏目の部屋だった。一人暮らしには広いが、立地を考えても、家賃は八万を超えないだろう。

夏目はファッションにせよ、ライフスタイルにせよ、機能的なものを好む。金はあっても、見せびらかすための装飾には使わない。豪華なマンションに住んでいるのかと想像していたが、こっちのほうが夏目らしい。

部屋は二つに分かれていた。リビングと寝室。

リビングには夏目のデスクがあり、他にはテレビとテーブルと本棚があるだけだった。きれいというより、物がない。たぶん物欲がないのだろう。夏目の生活において、必要な物がそもそも少ない。その代わり本棚にはたくさん本が並んでいた。英語や中国語らしき書籍も多かった。

夏目は部屋を案内する。

「そっちトイレ。そこ洗面所。飲み物は冷蔵庫にある。勝手に開けて飲んでいい」

「ああ」

「じゃあ、そこに座って。まずはこれに記入して」

夏目から数枚の紙を渡された。雇用契約書だ。

座布団に座って、ボールペンで記入した。名前、住所、電話番号、生年月日など。未成年ということで、保護者の名前を書く欄もあった。

「保護者の欄はどうする？　母親はいないけど」

「保護者に該当する人はいないのか？　親戚とか」

「まったくない。親戚なんて会ったこともない」

「じゃあ、空欄でいいよ」

そこは空欄にして、学歴の欄に記入していった。

夏目は言った。「身分証明書は持ってきた？」

「ああ」

運転免許証やマイナンバーカードなど、写真つきの証明書なら一枚でいいが、両方ないと言うと、写真つきでない証明書を二枚持ってくるように言われた。そこで健康保険証と戸籍謄本の写しを持ってきた。

ただの手伝いかと思っていたが、正式な雇用契約を結ぶ必要があるということだった。というのも、夏目は個人事業主として、会社を経営しているのだ。

「じゃあこれ、コピーするから」

夏目は健康保険証と戸籍謄本の写しを、プリンターでコピーしてから土田に返した。雇用契約書に記載もれがないことを確認してから、

「さっそく仕事だけど」

夏目から二百枚ほどの紙の束を渡された。

そこには個人情報が記されていた。名前、住所、電話番号、メールアドレス、家族構成のみならず、学歴や職業、地位、推定年収、推定貯金額、不動産所有記録、キャッシュカードのナンバー、ＩＰアドレス、子供が通っている学校名。留学経験や有名人との交友関係、ペットの情報まである。

ディープな個人情報だ。一枚につき、三人分の情報があった。すべて富裕層。年収は一

千万円以上で、大企業の社長であったり、子供が有名な進学校に通っていたりする。書式はバラバラで、手書きのものもある。

「なにこれ？」

「よけいなことは聞かない。これをノートパソコンに入力していって。くれぐれも間違えないように」

一件入力するのに、慣れても五分はかかりそうだ。一時間で十件として、三時間で三十件、三週間で六百三十件だから、帳尻《ちょうじり》は合うと思った。

しかし犯罪くさい。

嫌な予感がしたが、考えないことにした。ここに書かれているのは富裕層であり、金があり余っている人たちだ。罪悪感はわかなかった。

渡されたノートパソコンにデータを入力していった。

夏目もパソコンの電源を入れ、自分の仕事をはじめた。二人がキーボードを叩く音が無機質に流れた。

夏目は作業をはじめると、姿勢を変えず、一定のペースでキーボードを叩き続ける。パソコンの画面と真剣に向き合っている。すごい集中力だった。夏目は勉強ではなく、仕事をしているのだと思った。

土田は三十分で、疲れを感じた。トイレに行って戻る。休憩は自由に取っていいと言われていた。冷蔵庫を開けて、缶ジュースを取った。

夏目は黙々と作業を続けている。どんな仕事なのか興味はあったが、パソコンの画面をのぞき見ることはしなかった。

部屋の空気が張りつめている。居心地が悪い。気のせいなのだが、監視されている気がするのだ。冷蔵庫の作動音やパソコンのファン回転音といったささいな音が、妙に気になってくる。

ふいに思い出す。杉尾のこと。

今になって、やはり夏目の犯行だと思うようになっていた。クラスの担任が、刑事事件の被害者になることなど、めったにあるものではない。夏目も絶対に覚えているはず。しかし二人のあいだで、そのことが話題になったことはない。土田は、夏目の犯行だと疑っているから、あえてその話題を避けている。しかし夏目がその話題を避ける理由はなんだろう。やはり自分が犯人だからではないか。

夏目が振り向いた。「俺にもジュース取って」

「ああ」

土田は冷蔵庫を開けて、缶ジュースを一つ取って渡した。

夏目はプルトップを開けて飲んだ。

「痛っ」夏目は顔をゆがませる。

「どうした？」

「なんか歯にしみる。昨日からずっと。虫歯かな」

夏目は頬に手をあてた。奥歯が痛むらしい。

「虫歯なんて初めてだ。土田、この近くでいい歯医者、知らない？」

「知らない。俺も歯医者行ったことないから」

「そうなんだ」

「歯医者どころか、普通の病院にさえ行ったことない。体だけは丈夫なんだ」

正確に言えば、病気になったことはある。ただ、母に病院に連れていってもらえなかっただけだ。


三週間のバイトを終えた。

途中から慣れてきて、もらった紙の入力はすべて終えた。十二万六千円のバイト代を手取りで受け取った。

気づけば、八月下旬。

受験勉強はつつがなく進んでいる。試験範囲を網羅し、ふたたび頭に戻る。復習に入って、記憶を定着させていく。

数学が苦手なので、志望校は私立に絞った。

予備校には通っていないが、そのほうが自分に合っている気がした。自分のペースで、自分のやり方で進められる。

勉強のコツをつかみつつあった。

まず、自分に合った参考書を各教科、三冊見つける。各単位に三日あて、昨日、今日、明日で三往復してから、次の単位に進む。一日六時間、各教科一時間ずつで、規則的に進めていく。ノートはあまり取りすぎない。書くだけで疲れてしまうし、それで勉強した気になってしまうのもよくない。

大事なのは、頭でしっかり理解することだ。ノートはあとで見返し、全体を俯瞰するためのものだから、ポイントだけでいい。

受験まで、あと五ヵ月。模試の結果は、志望校の水準をクリアしている。しかし気持ちにそこまでの余裕はない。

そんな夏の終わり、夏目から電話がかかってきた。

「明日、地元でお祭りがあるんだけど、行かない?」

「は?」

意外だった。夏目は、人混みは嫌いだと思っていた。夏目からそんな誘いが来るとは思わなかった。

土田も人混みは嫌いである。祭りなど、まず行かない。

「んー、どうしようかな」

積極的に行きたい気はしなかった。しかし、断るのも悪い気がした。夏目なりに勉強の気晴らしになればと、誘ってくれたのかとも思った。

「いいよ」と答えていた。

「じゃあ明日、六時、蕨駅で」


翌日、午後六時。駅で夏目と待ちあわせた。

祭り会場は歩行者天国になっていて、多くの露店が並んでいた。広場でダンスのイベントが開かれている。予想以上のにぎわいだった。

「夏なのに、寒いね」夏目はぽつり言った。

昨日まで晴天だったのに、今日はくもり空が広がっている。

「なにか食べる？」と夏目は言う。

祭りに定番の食べ物屋はそろっていた。夏目は甘いものが好きではない。それ以外となると、

「んー、なんでもいいよ」

「なんでもいいなら、なんか言ってよ」

「じゃあ、たこ焼き」

「買ってくる」

夏目が歩きだすのを、土田が引き止めた。

「今日は俺がおごるよ。いつもおごってもらってばかりだから」

土田が言うと、夏目は珍しく引き下がった。

土田はたこ焼きを二パック買って戻った。二人で路上に座って食べていると、

「あれ、コーセーくん?」

声をかけられた。若い女だった。たぶん年上。

丸顔のぽっちゃり体型で、きれいな顔立ちではないが、明るい雰囲気の女性だった。浴衣《ゆかた》を着ている。夏目の顔をじっと見つめていた。

夏目は女の顔を見た。とぼけた顔をしていた。

「コーセーくんだよね。私、覚えてない? シュンコウ院で一緒だったカナコ。ハゼキカナコ」

夏目は無表情で返した。「人ちがいだと思います」

「えっ、コーセーくんじゃない? マキハラコウセイくんでしょ」

「ちがいます。夏目行成です」

「あ、ご、ごめんなさい。コーセーくんにそっくりだったから。はやとちりでした」

女性は恥ずかしげに笑って、そそくさと立ち去っていった。近くにいた同世代の女友だ

ちのところに走っていった。

ちらっと夏目を見る。たこ焼きを食べる手を止めたまま、陰鬱な顔をしていた。

夏目は子供のころと顔の印象は変わらない。

カナコという女性から見て、夏目はマキハラコウセイという人間と瓜二つ《うりふた》のようだ。姓はちがえど、名前も同じ。まあ、夏目の本名は行成で、コーセーはあだ名だが。そんな偶然もあるのか、と思った。

「行こうか」

夏目はたこ焼きを食べ終え、空の容器をゴミ箱に捨てた。

夏目と祭りに来たことを後悔しはじめていた。口数はもともと少ない。夏目は甘いものを食べないし、ヨーヨー釣りや金魚すくいではしゃぐ年齢でもない。

何を思って、祭りに誘ってきたのだろう。

一時間ほどぶらぶらして、花火を見て、帰ることになった。

夏目は言った。「俺の家、寄っていかない？」

「えっ」

「中途半端に食べただけだから、寿司の出前でも取ろうかと思って。でも一人前じゃ出前は取れないからさ。一人で食べるんじゃ、余っちゃうし」

返答につまった。できれば帰りたかった。

しかし家に帰ったところで、誰かが待っているわけではない。誘ってくれたのに、断るのも悪い気がした。

「いいよ」

二人で歩いて、夏目のアパートに向かった。

途中、夏目は足を止めた。一通の封筒を取りだして、郵便ポストに入れた。

意外だった。投函《とうかん》したのは普通の封筒で、行政に提出するような事務的なものには見えなかった。夏目に手紙を送るような相手がいるのだろうか。

だが、あえて聞かなかった。

部屋に入るなり、夏目はコーヒーメーカーを作動させる。

「寿司でいいよね」と夏目は言った。

「ああ」

夏目はスマホで、出前の寿司を注文していた。

土田は座布団に座り、スマホを手に取った。ずっと気になっていた。パスワードを入れて開き、「シュンコウ院」で検索してみた。複数、挙がった。寺院や茶道のサークルなど、無関係そうなものをのぞくと、「俊光院《しゅんこういん》」という施設がヒットした。ホームページがあったので、開いてみた。

児童養護施設である。親が経済的な理由で育てられない、親が死亡していて身寄りがない、あるいは刑務所に入っているなど、理由はどうあれ、親のいない子供を引き取って育てる施設だ。場所は、千葉県船橋市《ふなばし》。

あのカナコという女性は、この施設の出身なのかもしれない。そして夏目と同じ顔を持つマキハラコウセイも。

いや、夏目は、もとはマキハラ行成なのかもしれない。児童養護施設では「コーセー」とあだ名で呼ばれていたため、カナコという女性はその名前で記憶していた。その後、夏目家に養子に入った、とか。

夏目はカナコを知っていたが、面倒くさいと思って、人ちがいのフリをした可能性もある。夏目の性格なら充分ありうる。

おまえ、何者なんだよ。

夏目に向かって、そう問いかけたかった。

夏目は、淹《い》れたばかりのコーヒーに氷を入れていた。

「夏目行成」で検索してみた。個人事業主なので、なにか出てくるかと思ったが、何も出てこなかった。

夏目はアイスコーヒーを二つ、運んでくる。

「寿司、一時間くらいかかるって」

夏目は土田の隣に座り、テレビをつけた。土田は喉が渇いていたので、アイスコーヒーを飲んだ。

しばらく夏目の横顔を見つめていた。

なぜ俺たち、友だちなんだろう。

土田は退屈な人間だ。自分でも無個性だと思う。無口で、暗くて、面白味がない。秀でたところもない。その証拠に、土田には友だちがいない。高校のころは、話す友だちはいたが、卒業後は連絡を取りあっていない。

夏目はなぜ、土田と友だちでいようと思うのだろう。なんのメリットもないのに。

「なあ、夏目?」

「ん?」

「俺なんかと一緒にいても、退屈じゃないか?」

夏目はきょとんとした顔をした。

「それを言うなら、土田だって俺と一緒にいても退屈だろ」

「いや、そんなことはないよ。むしろ刺激的だ。だって夏目みたいな人間、めったにいないから。俺と同い年で、もう働いていて、しかも会社員とかじゃなくて、独立して仕事している人間なんて、数えるほどしかいない。同い年でこんな奴がいるのかって、いつも感心してる」

これは本音だった。

「夏目と接していると、自分って何なんだろうって、いつも考えさせられる。俺の人生には具体性がない。なんとなく勉強して、なんとなく大学に行って、なんとなく会社に入って、そんなふうに多数派の無難なコースを歩んでいって、何もない人生を送っちゃいそうだけど、夏目はちがうもんな。どこにも属さず、誰にも頼らず、誰にも媚びず、才能だけで食っていくというか、そういう人種もいるんだなって、刺激をもらっている。まあ、俺には真似できそうにないけど」

「俺も退屈ではないよ。土田といると気が楽だし」

夏目はそっけなく言った。それから席を立って、トイレに行った。

土田は残りのアイスコーヒーを飲みほした。

気が楽なのは土田も同じだ。お互いの私的領域には立ち入らず、適度な距離を保てているから、楽に感じる。

言いかえれば、土田と夏目のあいだには見えない壁がある。夏目はバリアを張り、他人には踏み込ませない私的領域を守っている。硬い殻で自分を覆い、生身をさらけ出さないようにしている。土田も同じだ。守るべき何かがあるわけでもないのに、自分を殻で覆っている。きっとその中にある自分というものが、あまりにも貧弱で、やわで、傷つきやすいからだろう。

結局、夏目も土田も、社会不適合者なのだ。

意味もなく生まれてきて、誰に愛されたわけでもなく、この世でなすべき何かがあるわけでもない。体の中心がいつも冷たくて、誰かと心を通わせることもなく、ただ息苦しさだけ感じている。中には何もない。がらんどうで、果てしなく空虚が続いている。透明で、どこにも交わらない。

なぜ生まれてきたのだろう。

俺たち、何のために生まれてきたんだと思う？

夏目に問いかけてみたくなった。

夏目はどんな言葉を返すだろうか。バカにして鼻で笑うか。無表情で「さあ」と首をひねるか。それとも、なにか意味のある答えを返してくれるだろうか。

俺たちが生まれてきた意味……。

夏目はトイレから戻って、土田の隣に座った。

杉尾をやったの、おまえだろ。

そう聞いてみたくなったが、やめた。

なんだか、うつらうつらしてきた。眠い。すごく眠い……。

奈落の底に落ちていく感覚だった。背筋に力が入らなくなり、目の前のテーブルに突っ伏した。まぶたが落ち、視界にシャッターが下りた。

「おやすみ」

夏目が優しい声でつぶやいた――

……なんだ、この匂い……。

ふいに意識が戻る。刺すような強烈な匂いが、鼻をついた。

これは……、灯油？　……ひどく油くさい。

全身がびしょびしょだ。寒い。

なぜ？

目を開ける。焦点がうまく結ばない。

体がだるくて、思ったように手足を動かせない。

ここはどこ？　俺は何をしている？

記憶がつながらない。

部屋は暗かった。いや、一点だけ明るい。その光に目がいく。

火花が散っていた。火花は床を這い、少しずつ進んでいく。導火線？　火花は水たまりに向かって進んでいる。

ここは夏目の部屋？　そうか、祭りのあと……。

やっと記憶がつながった。

危険な状況であることは本能で分かった。はやく逃げないと。

夏目はどこに行った？

体が動かない。火花はバチバチと音を立てながら、床を進んでいく。水たまりにまもなく到達する。

べたついた液体が全身にまとわりついている。髪までべったりぬれている。

灯油？　……まずい、引火する。

その瞬間、炎が舞いあがり、天井にまで達した。火は一気に広がり、うねりながら襲いかかってきた。土田は業火《ごうか》に包まれた――

2

目が覚めると、土田は硬い椅子に座らされている。

椅子の背もたれに沿って、背筋をぴんと張り、両手をひざの上に置いている。これから式典でもはじまるかのような雰囲気だった。

真っ白い部屋だ。

床、天井、壁、すべて白い。いや、白というより、色がないという感じだ。温度も快適だが、これも温度という概念がない感じ。

部屋には窓もドアもなかった。部屋というより、箱の中という感じが強い。この部屋自体がエレベーターで、今まさに上昇しているかのような浮遊感がある。下方に働く重力だけでなく、上方に働く浮力もあって、両者が拮抗《きっこう》している。

不思議な部屋だった。まるでビックリハウスのような。

「なんだ、ここは?」

今、気づいた。体が動かない。

脳の指令に手足が反応しない。麻酔ではない。メドゥーサに石にされたような感覚だ。しかし首から上は動く。見ること、話すことはできるようだ。

夢ではない。夢のようなあいまいさはなく、現実世界のリアリティーがある。かといって現実かと聞かれると、心もとない。明らかにいつもとは異なる空間だ。まるで宇宙にいるような。

目の前に少女がいる。

革張りの回転椅子に座り、デスクに向かって何かを書き込んでいる。背を向けているので、顔は見えない。ショートカットの黒髪がきれいで、うなじは吸い込まれるような曲線を描いている。後ろ姿だけで、かわいいと分かる。

「あーあ、飽きてきたな、この仕事も」

少女は、書き終えた紙に力強くスタンプを押して、「済」と書かれたファイルボックスに放った。

少女が振り向いた。髪がさらりと揺れた。

目を疑うほどの美少女だった。目力が強く、宝石が埋め込まれているみたいに神秘的に輝いている。きりっとした目鼻立ち、口や耳や眉など、すべての配置が完璧で、神の造形と呼びたいくらいだ。

フランス人形のような整った顔立ちなのに、荒々しい獣性も感じる。強く明るい、生命力に満ちた光のオーラがある。

胸元が開いたVネックのシャツに、白のカーディガン。ウエストリボンのついたミニスカート。細長い生足の先に、ナイキのスニーカーを履いている。左耳に、孔雀《くじゃく》の羽のイヤリング。

一見、変わったファッションに見えるが、破綻はない。どんな地味な服も、どんな派手な服も、彼女が着るとすべて彼女色の魔法にかかって美しくなる。特別な美女は、すべてが特別なのだと思わせる説得力がある。

しかしなにより目立つのは、背中にはおっている真っ赤なマントだった。サイズが大きすぎるうえに、色が毒々しい。視神経を刺激するような濃厚な赤で、猛烈に血を連想させる。見ているだけで、頭がくらくらしてくる。

土田は身震いした。

年齢は年下に見える。でも、たぶんそういう次元の存在ではない。正面から向かいあっていると、恐れ多い気持ちになってくるのだ。

「閻魔堂へようこそ」と少女は言った。「土田裕太さんですね」

「あ、はい」

少女は、タブレット型パソコンを手に取った。

「埼玉県出身。母・土田晶子《あきこ》のもとに生まれる。父が誰かは、晶子さえ分からない。複数の男と関係を持つふしだらな女で、ワンナイトラブの誰かの子供を身ごもったが、特定は不可能だった。気分屋で、妊娠が分かったとき、母親になってみてもいいかなという気分だったので、中絶はしなかった。とはいえ、母になっても気分屋は変わらず、気分が乗らないときは育児放棄するという奔放ぶり。それでもまあ、彼女なりにあなたを育てた。しかし去年、火事で死亡」

「はい」

「あなたは目立たない子供だった。過剰なエゴを持たず、いつも冷めていて、何にも熱中しない。幼少期に母に振り回されすぎたせいもある。四歳ですでに、母が帰ってくるか分からず、一人でアパートの部屋にいて、冬でも暖房もなく、毛布にくるまり、冷蔵庫にあるものを食べて生きのびるみたいな経験をしている。時には冷蔵庫にあるものを食べつくして、何日も食事を取らずに餓死しかけたこともある」

「幼少期の記憶があまりないので、よく分からないですけど」

「そのとき、あなたは甘え、期待といった感情を捨てた。帰ってくるか分からない母に心を揺らされないように、母の存在を自己から切り離す心理的テクニックを身につけた。同時に、自己と外界とを切り離し、人は人、自分は自分といった自己完結的な内面世界を作りあげた。自分を殻で覆って、外からの侵入を拒否することで、自分の世界を守った。あなた自身も、自分の殻に閉じこもり、外に出ていかなくなった」

「あまり自覚はないですけど」

「あなたは誰に対しても、好きでも嫌いでもない、言いかえれば、お互いに傷つけず傷つけられない距離を保とうとする。一般の人から見れば、かなり近づきがたい印象を与えています。したがって深く付き合う友だちはできない。それでいいとあなたは思っている。そのほうが楽だから。あなたが好むのは、一人でできる読書やゲーム、空想や思索です。知能指数は高いけれど、学歴に執着がないので、成績はさほどよくない。まあ、最近多いですけどね、そういう若い人」

「若い人？」

不思議な少女だ。牧師のような話し方なのに、妙に板についている。声にメロディがあり、心の琴線を揺らしてくる。

「あなたはこういう人ね」と一方的に決めつけられたら、普通は反発したくなるが、この子に言われると、すっと飲み込めてしまう。

「しかし高三の秋、母が死んだことで、あなたは少し変わる。保険金が下りたことで、大学に行ってみたくなった。これはあなたが今まで見せなかった、言いかえれば内側に封じ込めてきた主体性です。今までは目立たないことを信条として、あえて集団に埋もれて、惰性で生きてきた。しかし初めて自分の意志で、人生の進む道を決めた。とはいえ、まだ微弱な変化でしかなく、あなた自身、自分の中に生まれた変化に対してとまどっているくらいですが」

「そうなのかな」

「とまあ、ようやく自我が芽生えはじめた矢先の土田裕太さんでよろしいですね」

「ええ、まあ」

「なるほど」

少女は足を組み、タブレットを見つめた。自然な動作で、人差し指を口元に置く。

「あの」土田はおそるおそる聞いた。

「はい?」

「あなたは誰ですか?」

「閻魔大王の娘です。名は沙羅。さんずいに少ない、甲羅の羅」

「沙羅ですね。ええと、閻魔大王というのは、あれですか。物語に出てくる——」

「物語ではありません。閻魔大王は、人間の空想上のものではなく、実際に存在するもう一つの現実なのです――」

沙羅の説明が続いた。

ここは閻魔堂といって、閻魔の居所であり、霊界裁判所でもある。人間は死によって肉体と魂が切り離され、魂のみ、ここ閻魔堂へやってくる。そして大王によって生前の行いを審査され、天国か地獄へ振り分けられる。

本来であれば、ここには沙羅の父・閻魔大王がいる。しかし今日は有給を取り、夫婦で慰安旅行に行っているそうだ。そこで娘が代理を務めている。

土田は、自分が置かれている状況を理解した。

この特殊な状況を考えれば、沙羅の言うことは無条件で信じられた。死後の世界は本当にあったのだという驚きと、沙羅のかわいさが閻魔のイメージとかけ離れていることをのぞけば、実感として信じられる。

しかしなぜ、自分がここに来たのかが思い出せない。

「ということは、僕は死んだんですね」

「はい。理解が早くて助かります」

「でも、なぜ?」

「焼死です。夏目の部屋で、火事で焼かれて」

「……あっ」

思い出した。

祭りのあと、夏目の部屋に行った。急に睡魔が襲ってきた。ふいに目覚めると、全身が灯油まみれだった。導火線の火がついて、炎にまかれた。

即死だった。そう、殺されたのだ。


「おやすみ」と夏目は言った。

睡眠薬を飲まされたのだろう。夏目は土田を眠らせたあと、灯油をまき、タイムラグで火がつくように導火線をセットした。

全身が業火に包まれた。意識があったのは十秒ほど。

「僕は夏目に殺されたんですね」

事故ではありえない。そう解釈するしかない。

沙羅は何も答えなかった。

「そうですよね」土田はもう一度、問いかけた。

「教えられません」

「えっ、なぜ？」

「霊界のルールで、当人が生前知らなかったことは教えてはいけない決まりなんです。ご了承ください」

「でも、状況的に夏目が犯人としか考えられません。夏目がやったんですよね」

「教えられません」

沙羅は、冷たい眼光を向けた。これ以上聞くと、ペナルティーを与えますよ、と警告するみたいに。

沙羅は、タブレットに視線を落とす。

「さて、どうするかな。あなたの人生って、本当に何もないねえ。主体的に行動したことがなく、むしろ主体的に行動することを積極的に避けてきた。まあ、少しは同情します。ああいう母に育てられた影響もあるでしょう。母との感情的な交流がなかったせいで、他人との適切な距離感がつかめず、恐怖や不安が先にくる。だったら一人のほうが楽、というところに落ち着く。母の死によって主体性が出てきたものの、まだあなた自身、主体性を持った自分になじめていない。人生がスタートしたばかりで死んじゃったのは気の毒だけど、それはそれで話は別だし」

沙羅は唇をとがらせる。キスをせがむような顔になった。

「どうするかな。天国か、地獄か」

沙羅はティッシュを一枚取って、豪快に鼻をかんだ。腕時計を見る。

「ええい、考えるのが面倒だ。コインで決めよう」

ポケットから一枚の銀貨を取りだした。それを親指で弾く。回転しながら落ちてくる銀貨を、左手の甲で受け、すかさず右手で隠した。

「表、裏、どっち？」

「え、えっと……」

「どっち？　早く答えて」

「あ、じゃあ、表」

沙羅は右手をどけて、銀貨を見せた。鷹《たか》が描かれている側が上を向いていた。見たことのない銀貨なので、これが表か裏かは分からない。

「あなたは好運の持ち主ね。じゃあ、天国へ」

沙羅は、奇跡のような笑顔で微笑んだ。すると、右側の壁に今までなかったドアが浮かびあがった。

「では、土田さん。そちらのドアを開けて、階段を昇っていった先に天使がいますので、あとは誘導に従ってください」

足が動くことに気づいた。立つことができそうだ。

「あの、天国に行ったら、どうなるんですか？」

「生まれ変わりの順番が回ってくるまで待機です。半年ほどかな。そして記憶をリセットして、別の母のお腹から生まれます。これを輪廻転生といいます」

沙羅は回転椅子を回して、デスクに向かった。紙に何かを書き込みはじめる。

このまま天国に行ってもいい気がした。

生きていても、特に意味はなかった。やりたいこともなく、好きなものもなく、無駄に時間を過ごしていただけ。

あの母の子として生まれたことを恨んでいた。もっとましな母から生まれて、人生をやり直せるなら、そのほうがいい。土田裕太としての記憶は失うが、失って惜しいと思うほどの思い出があるわけでもない。

ただ、なぜ自分が殺されたのかは知りたかった。夏目が犯人なのか。だとしても、動機はなに？　天国に行ってしまったら、すべてが謎のまま終わる気がした。

「あの、沙羅さん」

「ん？」

「夏目は、なぜ僕を殺したんですか？」

「だから教えられません」

「なにか目的があったんですか、それとも」

「教えられません」

「僕が夏目に対して、恨まれることでもしたのでしょうか？」

「教えられません」

「そもそも何者なんですか、夏目って」

「………」

沙羅は沈黙した。ペンを置き、その姿勢のまま、しばらく動かなかった。

やがて、ふうと小さく息をついた。

沙羅は顔を向けた。その表情は冷めていた。

「まあ、特殊な人間ではあるね。理性を保ちながら、壊れているというか。異常が正常というような。そこらにはいない精神構造の持ち主です。たとえるなら、心にブラックホールのような永遠の闇が広がっているようなものですかね。基本的に他人に興味を持たないあなたが、夏目との関係だけは続けたのも分かります。夏目に興味があったからこそ、誘われれば応じた。それ自体、あなたにとって異例なことでした」

沙羅は言葉を切った。

土田の思考は止まっていた。夏目が犯人としか思えない。だが、動機が分からない。

そもそも夏目は何者なのか。

夏目が犯人としか思えないのに、憎しみはわかなかった。

ただ、知りたかった。

夏目のことをもっと知りたかった。同時に、自分のことを知ってほしかった。

同じ社会不適合者同士、社会からはじき出された同じ穴のむじな同士、分かりあえる気がしたのだ。だから関係を続けてきた。

沙羅に言われて気づいた。夏目ともっと話をしたかった。どんなことでも。
沙羅は、土田の顔を見つめていた。土田の心の声を聞いているかのようだった。土田の心の声を聞
純度の高いその瞳は、土田の内面を見透かしているかのようだった。

いたように、沙羅はうなずいた。

「いいでしょう。かなりのレアケースですし、何も知らされずに天国に行かされる気持ちも分からないではありません。しかしかといって、霊界のルール上、あなたが生前知らなかったことを教えることはできない」

沙羅は足を組みなおす。ミニスカートの裾が揺れた。

「なので、こうしましょうか。あなたが誰になぜ殺されたのか、自分で推理して正解を導きだせたら、あなたを生き返らせてあげましょう。そして望み通り、もう一度、夏目と話をする機会をもうけてあげます」

「生き返る?」

「正解できなかったら、黙って天国へ。謎は謎のまま。自力で解けなかったのだから仕方ありませんね」

「でも、推理といわれても、僕には何がなんだか」

「大丈夫です。今あなたの頭の中にある情報だけで、正解にたどり着けます」

「そうなんですか」

「リスクもないので、気軽に挑戦してみてください。ただし私も忙しいので、制限時間は十分とします」

「本当に情報は出そろっているんですか？」

「ええ、じゃないとアンフェアですから。閻魔は嘘をつきません」

まったく見当もつかない。しかし頭の中にある情報だけで推理できるというなら、それ自体が重大なヒントだ。情報のピースは出そろっていることになる。あとは正しく組み合わせるだけでいい。

やってやれなくはない。不正解でも天国に行くだけだ。

「分かりました。やってみます」

「スタート」

沙羅は席を立ち、冷蔵庫からバナナ、キウイ、オレンジ、ホウレンソウ、小松菜など、数種の果物と野菜を取りだした。小型ナイフでカットして、ミキサーにかける。十秒ほどでスムージーができあがった。

グラスに注いで、席に戻る。

チョコレートの箱を開け、ハート形の一粒チョコをつまんだ。口に運ぼうとしたところで、手が止まる。

「やっぱり我慢しよう。最近、体重増えたから」

やせる必要があるようには見えないが、チョコを箱に戻した。だがすぐに、グーッ、とかわいらしい腹の虫が鳴った。

「ダイエットは明日からにしよう」

自分を納得させるようにうなずいて、チョコをつまんだ。口に放り込み、唇をぺろっとなめた。満足げな顔を浮かべる。

目の前にいる土田のことは完全に忘れている。いや、忘れてはいないけど、意識から追い払っている。他者に対する気づかいもないし、同時に甘えもない。一般の人間がとらわれているものにとらわれていない。そんな気がする。

普通の人間は、思考も価値観も常識に縛られている。完全に自由な発想はなかなかできない。しかし沙羅は、完全なる自由体。たとえば、ひょいと宙に浮きそうなのだ。重力といった物理法則ですら、彼女を縛れない。

沙羅はスケッチブックと色鉛筆を取りだした。足を組み、絵を描きはじめる。白のペルシャ猫の絵だ。

土田は気を取りなおし、推理に集中する。

沙羅は、頭の中にある情報だけで推理できると言った。今は個々の出来事がバラバラに散らばっているだけだから、ちんぷんかんぷんだが、正しく組み合わせれば、真相が見えてくるということだ。

まずは殺される直前のことを思い出してみる。

夏祭りのあと、夏目の自宅に行った。急に睡魔が襲ってきた。どれくらい眠ったかは分からない。ふいに目が覚めると、全身に灯油をかぶっていた。導火線の火が進んで、引火したあとは、あっという間だった。

あの部屋は、夏目の部屋だった。つまり移動はしていない。睡眠薬で眠っていたとしても、抱きあげられて移動させられれば、さすがに気づくだろう。

犯人は夏目だ。それ以外ありえない。

夏目は土田を自宅に誘い、アイスコーヒーに睡眠薬を入れた。眠ったところで灯油をまき、導火線に火をつけて、部屋を脱出した。

問題はＷＨＯではなく、ＷＨＹ。殺害動機はなにか？

「二分経過、残り八分です」沙羅は時を告げる。

問題は動機だ。なぜ土田を殺す必要があったのか。あるいは土田を殺して、何の得があるのか。

さっぱり分からない。

一般的に殺人の動機といったら、怨恨か、利益だ。

しかし夏目とのあいだに怨恨が発生するような出来事はなかったはずだ。恋愛関係でもなく、共通の目的を持った者同士でもない。たまに夕食をともにするだけの、一定の距離を保った友人関係にすぎなかった。

一種の快楽殺人と考えたらどうか。人を殺してみたかったから殺した。殺すこと自体から得られる快楽が動機なので、そこに合理的理由などない。

しかし沙羅が言うには、今ある情報だけで答えにたどり着けるというのだから、たぶん夏目の犯行動機には、ある程度の合理性はあるはずなのだ。それがなかったら、そもそも推理なんてしようがない。

とすると、利益か。

ぱっと思いつくことがある。土田は、この年齢にしては分不相応な財産を持っている。母の保険金の一千万円だ。それはそのまま銀行口座に入っている。その中から日々の生活費を出し、大学の学費にもあてるつもりだった。そして土田は、そのことを夏目に話したことがある。

夏目はこの金を狙ったのだろうか。だとすると、シンプルな強盗殺人だ。いちおう筋は通るが。

そう仮定して、夏目がどうやって土田の一千万円を奪ったのかをシミュレーションしてみる。

まず土田を眠らせる。財布や携帯、自宅の鍵などの所持品を奪ったあと、焼死させる。

バイトのときに雇用契約書を書いたので、夏目は土田の自宅の住所を知っている。そして土田の部屋に入り、預金通帳を奪う。

ここまではいい。しかし夏目は、預金通帳の四桁の暗証番号までは知らない。

暗証番号は「４５８６」。これは土田がよく見るテレビチャンネル順に数字を並べただけだから、特に意味はなく、推測のしようもない。

その場合はどうなるのか。

暗証番号を忘れてしまう人もいるだろう。その場合は、銀行に預金通帳と自分の身分を証明するものを持っていって、間違いなく本人だと確認できれば、預金を引き出せるはずだ。自宅には健康保険証と戸籍謄本の写しがある。バイトしたときに見せたから、夏目もこれが自宅にあることを知っている。これらは顔写真のない証明書なので、夏目が土田になりすまして銀行から預金を引き出すことも不可能ではない。

夏目は土田を殺したあと、預金通帳と身分証明書を奪い、預金を引き出した。これが正解だろうか。筋は通るが、いまいちしっくりこない。

「四分経過、残り六分です」

「いや、ちがうな」土田はつぶやいた。

夏目らしくない。犯行に緻密さがない。

銀行員だって怪しむだろう。未成年の男が、暗証番号を忘れて、顔写真のない身分証明書だけ持って、一千万円という大金を下ろしにくるのだ。なにかおかしいと思う。簡単に預金を引き出せるとは思えない。

第一、やり方が派手すぎる。

部屋に灯油をまき、火をつけたら、あんな木造アパート、たちまち全焼だろう。他の住民も犠牲になった可能性がある。そして焼け跡から、土田の焼死体が出てくる。放火と認定され、ただちに警察の捜査が入る。

一千万円が目的なら、他にも方法はあったはずだ。

たとえば土田が眠っているうちに絞殺して、死体を埋める。土田には身寄りも友だちもいないから、行方不明になっても探す人はいない。死体が発見されなければ、警察の捜査も入らない。つまり、死体を発見させない方法もあったのだ。そのほうがスムーズに目的を達せられたはずだ。

第二に、犯罪のスケールのわりに、報酬が安すぎる気がした。一千万円が、夏目が殺人を犯してまで執着する金額とは思えなかった。夏目なら、もっとリスクの少ない手段で稼ぐだけの才覚がありそうに思えるが。

本当に、夏目の犯行なのだろうか。

やはりアパートごと燃やしてしまうという犯行形態が、夏目らしくないように思えるのだ。夏目ならもっと隠密《おんみつ》に、陰湿にやりそうに思える。そう、小学生のときにトンボの羽を一枚ずつ引きちぎって殺したように。昆虫を踏みつけて乱暴に殺すのではなく、羽を一枚ずつ引きちぎっていく。そのほうが夏目らしい。

夏目なら、その目的を達するうえで必要最小限の労力とリスクでやるはずだ。目的と手段が一致していないように思える。

夏目が犯人なら、きっとこの殺し方でなければならない理由があったはずなのだ。

この殺し方でなければならない理由……。

分からない。

そもそも土田は、夏目のことをよく知らない。

長い付き合いでもない。小六の九月から卒業まで。そして再会した今年六月から、たった二ヵ月間だけ。再会までの六年間、どこで何をしていたのかも知らない。また、夏目が話したことも、たとえば高二で中退してプログラマーになったことなども、今となっては真実かどうか分からない。

しかし沙羅によれば、情報は出そろっているのだ。数少ない情報の点と点をつないで線にして、最終的に絵を浮かびあがらせればいい。

でも、どうやって……。

不思議な気分だった。なんだろう、この感情。

なにをムキになっているのだろう。

自分なんてどうでもいいと思っていた。生きていても虚《むな》しいだけだったし、いつ死んだってよかった。なのに、こうして死んだ今、なぜかもう一度、生きたいと願っている。人生をやり直したいと思っている。

謎が解けなくても天国に行くだけだ。生き返ったところで、すばらしい未来が保証されているわけでもない。

それでも、もう一度生きたい。土田裕太として。

そして生きるためには、謎を解かなければならない。自分の頭脳だけを頼りに、この局面を突破しなければならない。

初めての感情だった。

生きたい。そしてもう一度、夏目と話がしたい。

なぜ俺を殺したのか。おまえはいったい何者なんだ?

「六分経過、残り四分です」沙羅は無情に時を告げる。

もう時間がない。

いま頭の中にある情報だけで正解にたどり着けるのだ。夏目について知っている情報をすべて挙げてみよう。

夏目は小六の二学期、転校してきた。たまたま席が近く、帰る方向が同じだったため、なかよくなった。でも夏目の家に行ったことはないし、両親がどんな人かも知らない。しかし子供にアルマーニのスーツを着せるくらいだから、かなり裕福で、見栄っぱりのような気がする。

印象的な出来事といえば、やはり杉尾の事件だ。夏目が犯人だと疑っていたが、いまさら検証は不可能だろう。

その後、夏目は私立中学に進学した。夏目によれば、高二で中退してフリーのプログラマーになった。

そして偶然、再会した。いや、偶然ではないのかもしれない。夏目が偶然をよそおって接触してきた可能性もある。

だとしたら、目的はなにか。やはり金？

夏目は、土田の母が死亡していて、保険金が下りたことを最初から知っていた可能性もある。どのようにして知ったのかは分からないが、夏目はハッキングで他人の個人情報を盗みだせるのかもしれない。ともかく一千万円を狙って、計画的に接触してきた。そして着実に計画を進めてきたと仮定してみる。

しかしこの二ヵ月、出来事らしい出来事はなかった。たいした会話もしていない。

問題は、あのバイトだ。

今になって考えてみれば、あれはやはり変だ。土田がパソコンに入力したあの個人情報は何だったのだろう。主に富裕層のものだった。夏目はどうやって入手したのか。やはりハッキングだろうか。企業が管理している顧客の個人情報が流出したというニュースは、よく耳にする。夏目ならそういうことをしていても不思議ではない。不正に得た個人情報を転売して、稼いでいた可能性もある。

ざっくり言えば、夏目は犯罪者だった可能性もある。

あんな木造アパートにひっそり住んでいたことも、身を隠さなければならない理由があったからだともいえる。

そうだ。再会したとき、名刺を渡された。名刺には「夏目行成」と記されていた。これで「ゆきなり」と読み、「コーセー」はあだ名だったとも。だが、土田の記憶では「広西」だった。もしかして夏目の本名は、やはり「夏目広西」なのか。それを土田に対しては「行成」と偽名を用いた。

なぜそんなことをしたのか。

考えられるのは、ネット検索だ。「夏目広西」で検索されたくなかったのだろう。土田に知られたらまずい情報が出てくるから。

たとえばだが、犯罪者として指名手配されていて、「夏目広西」で検索すると、そのニュースが出てくるのかもしれない。だから「広西」は記憶ちがいで、「行成」が本名だと、あの名刺で思わせたのだ。

土田としては小学生のころの記憶なので、自分の勘違いだと思っただけだし、また、卒業アルバムは火事で焼失しているため、確認もできなかった。

もしそうなら、偽名の名刺を見せてきたあの時点で、なんらかの悪意を持っていたと考えられる。

いずれにせよ、夏目は犯罪者なのだ。

会っていなかった六年間で、夏目は犯罪者になった。夏目は未成年である。報道では名前も顔写真も公表されない。しかし大きい事件で、「あいつが犯人だ」と周囲には明らかに分かる状況なら、今は未成年だろうが、ネット上には名前も顔も出てしまう。そして、またたく間に拡散するだろう。

ネット検索されたくなかったから、「夏目行成」を名乗った。土田はそれが本名だと疑わなかった。実際、「夏目行成」で検索したが、何も出てこなかった。あのとき「広西」で検索していたら、夏目が犯罪者だと分かったはずだ。

しかし逮捕はされていない。つまり夏目は今、警察の目から逃れて潜伏生活を送っている。

未成年であるにもかかわらず、ネットに情報が出ているということは、かなり大きい犯罪だと考えられる。殺人だろうか。夏目が殺人犯だとしても、まったく意外ではない。実際、土田は殺されたのだ。土田はニュースをあまり見ないので知らないが、世間ではよく知られた事件なのかもしれない。

「八分経過、残り二分です」

名前で思い出した。

殺される少しまえ。祭りのとき、ハゼキカナコという女性に声をかけられた。

「マキハラコウセイくんでしょ」

夏目は否定したが、夏目はマキハラ広西だった可能性もある。だとしたら、いつから夏目になったのだろう。カナコが言っていた俊光院は、児童養護施設だった。そこを加味すると、こういうことかもしれない。

マキハラ広西は、親に捨てられるかして、俊光院に入った。それから夏目家に養子に入った。そのタイミングが小六の夏休みだったのかもしれない。そして施設を出て、夏目家に移り住み、学校も転校した。養子を取るからには、裕福な家庭だったのだろう。そして私立中学に進学した。

その後の六年間のことは分からない。ともかく犯罪者になった。しかし逮捕はされずに潜伏生活を送っている。

そして土田の前に現れた。二ヵ月後、土田は殺された。

殺人の動機はなにか？　一千万？　いや……。

あの殺し方でなければならなかった理由……。

「えっ」

頭の中で何かがつながった。

「じゃあ夏目の目的は、一千万円じゃなく、俺の命そのものにあったのか」

再会後の二ヵ月のあいだ、夏目の行動はすべて、その目的のために遂行されていたと考えてみる。

夏目との会話、一緒に取った行動、その一つ一つを思い返してみる。

夏目はなに一つ無駄なことをしていない。なにげなく交わした会話も、あのバイトも、木造アパートをまるごと燃やしてしまうという大胆不敵な犯行も、すべてその目的を達するために用意されたプログラムに沿った行動だったのだ。

夏目はそれを完璧にやりとげた。

この完全犯罪を、無情に……。夏目にとって土田は、目的を達するうえで必要な条件をそなえたターゲットにすぎなかったのだ。

夏目、おまえは何者なんだ？

血の通った人間なのか？　なぜ、そんなことができる？

いや、問題はもう一つ。この推理が正しいとするなら、土田の母の死も疑わしくなってくる。あれは煙草の火の不始末ではなく、夏目の犯行だったのかもしれない。そこまでは沙羅の問題に含まれていないが。

「残り十秒です。十、九、八、七、六」

沙羅のカウントダウンがはじまった。

確信はもう揺るがない。この二ヵ月は、土田が必要な条件をすべてそなえているかを確認するための審査期間だった。

土田はあのトンボだったのだ。羽を一枚ずつ引きちぎられ、生殺しのまま捨てられたあのトンボ。

夏目はこの二ヵ月、どんな気持ちで土田と接していたのだろう。計画が進んで嬉々《きき》としていたのか、それともプログラムを機械のごとく冷徹に遂行していただけか。そもそも、夏目に気持ちなんてあるのか。

見えない。おまえの心が見えない。

「五、四、三、二、一、ゼロ。終了です。答えは分かりましたか?」

「ええ」

土田はただ、つぶやくしかなかった。

3

「では、解答をどうぞ」

「はい。犯人は夏目です。それ以外考えられないので。問題は、なぜ僕を殺したのか。その動機は、まったく予想外のところにありました。

話は少しさかのぼります。小学校の卒業式から六年間、夏目がどこで何をしていたのかは分かりません。ただ、犯罪者になったのは確かです。たぶんテレビで取りあげられるくらいの大きな事件、殺人ではないかと思います。

夏目は未成年なので、報道では名前も顔写真も出ません。しかし今の時代、ネットには出てしまう。たぶん夏目の本名、『夏目広西』で検索したら、夏目が犯罪者であるという情報が出てくるのでしょう。だから僕と再会したとき、『行成』という偽名の名刺を見せて、『広西』は僕の記憶ちがいだと思わせたんです。僕が『夏目広西』でネット検索したりしないように。

夏目がどのように潜伏生活を送ってきたのかは分かりません。いずれにせよ、目立たないように暮らしてきたのでしょう。そして僕と再会する。僕と会ったのは偶然なのか、それとも最初から犯意を持って近づいてきたのかは分かりません。ここではいちおう、偶然だったと仮定して話します。

夏目が犯罪者であることを、僕が知らないことは分かった。そして夏目は、僕が夏目の目的をかなえるうえで最適な条件をそなえていることに気づき、その時点から犯行計画を進めていきました。僕のことは念入りに調べたのでしょう。また、なにげない会話で僕から情報を引き出してもいた。最低でも以下のことは知っていたはずです。僕に父がいないこと、母も死んだこと、身寄りも友だちもいないこと、会社にも学校にも所属していないこと。つまり僕が行方不明になっても、探す人はいないこと。顔写真つきの身分証明書を持っていないこと。歯の治療痕がないこと。

夏目の計画にとって僕はもっともふさわしい条件をそなえていました。そして夏目は、僕という存在、土田裕太という戸籍を乗っ取る計画を立てました。

夏目は僕をバイトに誘いました。より詳細な僕の個人情報を得るためです。僕は雇用契約書に、言われるままに名前や住所といった情報を書きました。健康保険証と戸籍謄本の写しまで見せました。

夏目は僕のスマホの中身さえ見ていたかもしれません。僕の座る位置に向けて、スマホの画面が映るように、隠しカメラをしかけておけばいいだけです。僕はバイト中、何度もスマホを見て、そのたびにパスワードを入力していました。カメラの録画を見返せば、僕のパスワードは分かります。それさえ分かれば、僕のスマホの情報を盗むことなど、夏目なら容易でしょう。そうやって夏目は僕を丸裸にしました。そのうえで僕の戸籍を乗っ取れると判断した。

あの夜、夏目は僕を自宅に招きました。そしてアイスコーヒーに睡眠薬を入れ、眠らせたところで、僕の財布や携帯、自宅の鍵を盗み、灯油をまいて導火線に火をつけました。夏目が避難したあとで引火し、僕は焼死した。そして夏目は、今は僕のアパートにいて、息をひそめているはずです。

夏目のアパートは全焼したはずです。そして一体の焼死体が出てくる。あれだけの灯油をまいて燃やしたのだから、顔も何も分からないくらい、真っ黒こげの死体です。夏目の部屋から出てきた死体だから、夏目と推定される。僕と夏目は、性別も年齢も同じ。身長差も体重差もほとんどない。僕には歯の治療痕はないし、夏目もそうなのでしょう。真っ黒こげになったら、判別不能になる。

また、その死体が夏目だと推定されるような工作をしておいたのだと思います。たとえば、焼身自殺するという内容の、直筆の遺書を警察に宛てて送ればいい。祭りのあと、郵便ポストに入れていた封筒がそれかもしれません。偽名で部屋を借りていたとしても、アパートの大家が夏目の写真を見れば、借り主はこの男だと証言するでしょう。とすれば、夏目が焼身自殺したものと推定される。

問題はDNAです。夏目が指名手配されているとしても、警察は夏目のDNA型を分かっていないのだと思います。つまり髪の毛や血液など、自分の証拠となるものを警察に入手させていない自信が、夏目にはあった。夏目は児童養護施設で育っています。生まれてすぐに捨てられたのなら、両親が誰かさえ分からない。だとしたら、焼死体からDNAを採取できたとしても、警察のデータベースに夏目のDNA型の登録がない以上、それが夏目のDNAかは特定できない。ただ、遺書などの状況からいって、夏目だと推定できるだけです。

こうして夏目は、僕の死体を、自分の死体に見せかけることに成功した。夏目は自殺したものと、警察は判断せざるをえない。夏目は僕の部屋に息をひそめて、今後は土田裕太として生きていくつもりなのだと思います。そして土田裕太が、夏目広西にすりかわっていることに気づく人はいない。

しばらくしたら大家に会わずに引っ越して、新しい土地で生活をスタートさせる。指名手配されていた夏目広西は自殺したから、もう警察に追われる身ではない。戸籍ごと、土田裕太を乗っ取って生きる。たぶん完全犯罪になるはずです。どうですか。これが正解ではないですか」

沙羅は足を組み、顔をななめにしていた。土田の顔をじっと見つめている。

その瞳は、一点の曇りもなく、透き通っていた。それから優しく微笑んだ。痛みを受けとめてくれる、慈愛に満ちた笑顔だった。

「正解です」と沙羅は言った。

「でも、一つだけ分からないことが」

「なんです？」

「僕と再会したのは偶然なんですか。偶然ではないとしたら、夏目が僕の母を殺したという可能性もあります」

夏目は、誰かの戸籍を乗っ取る計画をもともと持っていた。そして小六のとき、仲のよかった土田を思い出した。土田に父はいない。下調べして、土田の戸籍なら乗っ取れるかもしれないと夏目は考えた。

母さえ排除すれば。

夏目が母を殺すのは簡単だ。母が酔っ払って寝ているときに、煙草の火の不始末に見せかけて火をつければいい。あの母のことだから、誰も疑問に思わない。しかるのちに土田の戸籍を乗っ取りにきたとも考えられる。

沙羅は言った。「まあ、そうですね。そこらへんも含めて、少し補足説明してあげましょう」

沙羅は残りのスムージーを、ずるずるとストローで吸って飲みほした。

「夏目広西。広いに西が本名です。もとは槙原《まきはら》広西でしたが、ここでは夏目で統一しましょう。夏目は生まれてすぐ、へその緒がついた状態でコインロッカーに捨てられました。母は十六歳、妊娠したものの病院に行く金もなく、自宅で出産しました。無事に産めたのですが、子供を育てる余裕などなく、処置に困り、生まれたその日にバスタオルにくるんで駅のコインロッカーに入れました。

季節は冬。外では雪が降っていました。夏目は光のない箱の中、凍えながら『おぎゃあ』と一度だけ泣きました。通りかかった駅員が気づき、ロッカーを端から開けていって、赤ちゃんを保護しました。体重は二千グラムほど、未熟児でした。なかなか大きくならず、小学校に入学したのは二年遅れです。つまり年齢でいうと、あなたの二つ上です。夏目は今、二十歳を超えています。

両親不明のまま、児童養護施設で育ちました。そこの院長が槙原一清《いっせい》さん。夏目はその姓をもらい、槙原広西と名づけられました。槙原さんは西部劇が好きで、未開の西に向かって広々とのびていく大地のような人間になってほしいと願い、その名をつけました。夏目はこの槙原さんを父のように慕いました。ヒヨコが初めて見たものを親だと思い込む心理に近いかもしれません。

しかし、当時でもう八十代。夏目が四歳のとき、亡くなりました。夏目はこの父の死によって、精神に変調をきたします。自分が大切にしていたものを、神に奪われたように感じました。夏目の人生に最初のねじれが生じた瞬間でした。

夏目は優秀な子供でした。特にパソコンの技術に秀でていました。その施設では、手に職をつけさせる意味もあって、早くからパソコン教室を開いていました。夏目はそこで基礎を学び、あとはネットで調べて、小学校に入るころには自作のコンピューターウイルスを作れるようになっていました。

同時に、読書家でもありました。ディケンズやカポーティを読み、特に中国史に興味がありました。内省的な子で、他の子と遊ぶことはしませんでした。いつも一人です。他の子とは知的水準がちがいすぎたこともあります。

お祭りで会った櫨木香夏子《はぜきかなこ》さんは、その施設にいた女性です。彼女も読書好きで、夏目が一人でよく本を読んでいたのを覚えていました。夏目より年上で、夏目に話しかける数少ない子供の一人でした。ですが、施設を出たあとの夏目のことは知らず、犯罪者であることも知りませんでした。

小六の夏休み、夏目に養子縁組の話が持ちあがります。夏目夫妻は、夫が四十九歳、妻が四十二歳でした。夫は不動産会社を経営する資産家で、しかし子宝に恵まれず、妻が四十歳を過ぎたところで子供はあきらめ、養子を取ることに決めました。夏目に目をつけたのは、あるテストで高いIQを示したこと、パソコン技術の高さ、男でもあり跡継ぎにふさわしいと判断したからです。夏目にとっても悪い話ではないと思い、当時の院長は積極的に進めます。夏目の意志は、まだ子供ということで尊重されませんでした。そして小六の夏休み、夏目家に居住するようになり、二学期から転校しました。そしてあなたと出会います」

「それであんな中途半端な時期に転校してきたんですね」

「夏目があなたに何を感じたのかは、正直なところ、閻魔である私にも分かりません。ただ、夏目が誰かと親しくすることは、あとにも先にもなかったことです。実は、夏目はあなたと同じ公立中学に通うつもりでした。しかし彼の意志に反して、養父は私立中学に推薦入学させました。試験は受けていません。小六の夏からでは受験勉強が間に合わなかったので、養父が校長にわいろを渡して、裏口で推薦枠を取ったのです。それを機に、広尾《ひろお》に家を買って引っ越しました。

夏目夫妻は、夏目にエリート教育を与え、東大に進ませるつもりでした。夏目の成績は抜群によく、表面上は適応しているように見えました。ただし家庭教師をつけられ、ちくいち成績をチェックされ、私生活についても厳しい制限をつけられるなど、かなり窮屈な環境ではありました。服や髪型、言葉づかいまで干渉される。また、養父の会社のパーティーへの参加を強要されるなど、夏目を自分の跡継ぎにしたいという思いがあったとはいえ、夏目にとっては苦でしかありませんでした。

夏目は暴発しました。予兆もなく、周囲からみれば唐突に。

高二の秋、ナイフで養父母を刺して殺しました。そして灯油をまき、火をつけました。自宅を跡形もなく燃やしたうえで、姿を消しました。

周囲に気取られることなく、彼は計画を立てていました。その前日、夏目はいつも通りに学校で授業を受けて、すべての荷物を持ち帰り、机の引き出し、ロッカー、靴箱にいたるまできれいにして、髪の毛一本、指紋一つ残さずに立ち去りました。さらに自宅は全焼したので、警察は夏目の指紋もＤＮＡ型も分かっていません。ただ、状況的にいって夏目の犯行に間違いないということで、指名手配にはなりました。

夏目は犯行前に、その後の生活の準備もしておきました。可能なかぎり現金を引き出しており、偽の身分証明書もネットで購入しておきました。そしてなるべく防犯カメラのない場所に、名前をいつわってアパートを借りておきました。犯行後はそこに移り、誰とも接触せず、ネット犯罪で収入を得ていました。たとえばハッキングで個人情報を盗み、闇サイトで売って仮想通貨を得るといった次第です。

あなたは知りませんでしたが、『広尾の資産家夫婦殺害放火事件』はわりと知られた事件です。その犯人として、ネット上には夏目の名前も顔写真も出ています。なので、なるべく外には出ずに暮らしていました。夏目は当初、そんなふうに一生を生きていくつもりでした。誰とも関わらずに生きていくことは、彼にとって苦ではないですから。しかし時が経ち、彼も少し変わる。

一つは、偽の身分証明書ではできることがかぎられます。アパートを借りたり、携帯会社と契約するくらいはできますが、たとえばパスポートを取得するのは難しい。彼は次第に中国に行きたいと思うようになっていました。偽造パスポートで入国しようとしても、万が一、税関で引っかかったらアウトです。

また、このように潜伏生活を送っていても、指名手配犯の身で、ネットには名前も顔写真も出ている。偶然、自分の素性がバレる可能性もあります。祭りのときみたいに、昔の知人に会ってしまうことだってありうる。

次第に彼の中に、誰かの戸籍をそっくり乗っ取る計画が浮かんできました。

あなたと再会したのは偶然です。

パソコンの専門店に部品を買いに行った帰りです。たまたま図書館の前を通ったら、窓際で勉強しているあなたを見かけました。

ピンとくるものがあったのでしょう。直感で、あなたの戸籍を乗っ取れないかと彼は考えます。あなたには父も兄弟もいない。シングルマザーの母がいるだけ。戸籍乗っ取りの条件としては悪くない。

すぐに『土田裕太』でネット検索しましたが、特に情報は出てこなかった。次に『土田晶子』で検索しました。あなたの母の名前は、アパートの表札に書いてあったので覚えていました。すると新聞記事がヒットして、去年の秋、火事で亡くなっていることが分かった。ますます都合がいい。図書館に入り、背後からのぞくと、あなたは受験勉強をしている。どうやら浪人生らしい。その日は接触せず、あなたを尾行して、住所をつきとめたところまでで帰りました」

「じゃあ、母を殺したのは夏目ではないんですね」

「ええ。あの火事は、煙草の火の不始末が原因です」

沙羅は少し疲れたように、両腕をあげて背筋を伸ばした。チョコの箱を開けて、丸形の一粒を口に放った。

「夏目は作戦を練りました。最大の問題は、夏目が殺人犯であることを、あなたが知っているかどうか。そこは賭けでしかなかった。仮に知らないとすれば、『夏目広西』で検索させないための工夫が必要になります。彼は『夏目行成』の名刺を用意してから、あなたに接触しました。

偶然をよそおって再会したあの日、夏目なりの緊張はありました。もし殺人犯であることを知られていたら、それで終わりです。しかしあなたと目が合った瞬間、その目に『関わりたくない奴と会っちゃったな』という感情があるのは察しましたが、夏目が殺人犯であることは知らないと判断できました。計画通り、その場は警戒されるのを避けて、名刺だけ渡し、タイミングよく携帯の着信音を鳴らして立ち去りました。そして一週間後、ふたたび接触し、いくらか警戒心が薄らいだのを見て、夕食に誘いました。

あとは、あなたの推理通りです。夏目は戸籍乗っ取りに向けて、着実に準備を進めていきました。なにげない会話で、あなたの生活状況を聞き、バイトに誘って戸籍情報まで入手しました。また、自宅の部屋には隠しカメラも設置していました。あなたが座った場所でスマホを手にしたとき、手元が映る位置に。そしてパスワードを盗み、あなたがトイレに行った隙に、スマホのデータもコピーしました。そのデータで、あなたに友人がいないことも確認できた。

歯の治療痕があるかも聞きました。夏目には歯の治療痕はありません。焼死体に歯の治瘢痕があったら、夏目の死体ではないことがバレてしまうかもしれない。それくらい細心の注意を払って、戸籍乗っ取りの条件に適合するかを確認しました。そして成功の確信を得たところで、あなたを自宅に誘いました。

祭りの帰り、夏目が郵便ポストに封筒を投函していましたね。あれは警察宛てに出した遺書であり、いわば自殺予告書です。

内容を一部抜粋して読みますと、

『二年前、養親である夏目夫妻を殺したのは僕です。あれから逃亡生活を続けてきましたが、それも疲れ果てました。警察に脅《おび》えながら暮らしていくのはうんざりです。かといって、刑務所には入りたくない。僕は自殺します。養親にそうしたように、火に焼かれて死にます。それをもって罪の償いとさせてください』

おおむね二年前の事件は自分の犯行であること、この二年の暮らし、そして自殺することが書かれています。

そしてあなたを、自身の自殺に見せかけて殺しました。眠ったあとにタイムラグで苦しみなく死ねるように、睡眠薬を過剰に飲み、そのあとで灯油をかぶって、導火線に火をつけてから自殺したかのように工作して」

沙羅の声は、なめらかで、軽妙で、それでいて現実の重みを伝えてくれる。彼女自身がしっかりと事実を受けとめたあとで、正確につむぎだされる言葉だからだろう。その声は音として、美しいメロディを持っている。まるでオルゴールの音のように、耳の内部に響いて広がっていく。

「少し後日談を。実はあなたの死後、約二日が経っています。夏目は火をつけたあと、あなたの所持品を持って、あなたの自宅に隠れました。アパートは全焼。他の住人は避難できましたが、焼け跡から一体の死体が出てきました。真っ黒こげなので、見た目では誰か分かりません。司法解剖の結果も、若い男としか分かりませんでした。警察はこの死体が夏目広西のものか、確認中です。

ですが、先ほども言った通り、夏目のDNA型は分かっていないので、DNA鑑定は不可能。ただし警察宛てに送られてきた遺書を、夏目が高校生のころに書いた答案と筆跡鑑定したところ、同一人物と分かりました。また、部屋を貸していた大家に夏目の写真を見せると、偽名を使っていましたが、間違いなく彼だと証言しました。以上のことから、死体は夏目と推定されました。

実は、夏目がもっとも懸念していたのは、スーパーインポーズ法です。これは白骨化した頭蓋骨と生前の写真を重ねあわせて、目や鼻の位置などを比較して、個人を識別する鑑定技術です。これをやられると、焼死体は夏目ではないことが分かってしまいます。夏目は頭蓋骨がはっきり残らないように、あなたの顔にたっぷり灯油をかけました。逆に顔に灯油をかけられたせいで、その冷たさと匂いで、睡眠薬で眠らされていたあなたが火事の直前で目を覚ますことになったわけですが。

夏目は、何度の高温で焼けば、骨が崩れるということまで調べていました。十八リットルの灯油缶を三本分もまいたので、かなりの高温となり、骨はしっかりした形では残りませんでした。それでも残った骨をつなぎ合わせて鑑定することは可能でしたが、警察はそこまでする必要はないと判断しました。

というわけで、夏目の完全犯罪は成功したようです。夏目は、今もあなたの部屋に隠れています。しばらくしたら引っ越しして、整形し、パスポートを取って、中国に渡ろうと考えています。中国語は、独学で日常生活ができるくらいには覚えていますから。今後は土田裕太として生きていくつもりです。現状、土田裕太が夏目広西に入れかわっていることに気づく人が現れる可能性は、ゼロですね」

「そうですか」

夏目の最後の言葉を思い出す。おやすみ、と夏目は言った。

波の立たない深い湖の水面のように、穏やかな声だった。殺気のようなものは感じられなかった。むしろ優しささえ感じられた。

沙羅は言った。

「さて、あまり時間もないので、話を先に進めます。約束してしまったので、あなたを生き返らせてあげますが、正確には時間を巻き戻すんです。事実関係はなるべくいじりたくないので、あなたを死の直前まで戻します」

「死の直前というと？」

「夏目が導火線に火をつけて脱出したあたりですね」

「え、でも僕は眠らされているんですよ。それじゃあ、また死ぬだけじゃ」

「そうならないように、こちらで手配しておきます。どちらにしても、あなたはここに来た記憶を失います」

「ああ、そうですよね。いろいろ支障ありそうですものね」

「ええ」

「あの、夏目はどうなるんですか？」

「捕まるでしょうね。結果的にこの犯罪は未遂に終わるわけですから。すでに二人の殺人と放火を起こしています。さらに成年になり、放火殺人未遂ですから、死刑になる可能性もあります」

　夏目に殺されたと聞いても、怒りはわかなかった。むしろ夏目が死刑になるかもしれないと聞いて、そうなってほしくないと思っている。

「ただし生き返らせるまえに、一つだけ言っておきます。あなたと夏目はまったく別の人種です」

「えっ」

「あなたはこれまで、なるべく他人と関わらずに生きてきました。あなたは父を知らず、母はろくでなし。そのせいで他の子供が経験しないような苦しみ、孤独、寂しさ、みじめさをひと通り経験してきました。幼少のころに過酷な環境に耐え、自分自身と向き合わなければならなかった。だからこそ、自分により近い環境で育った夏目に対して、シンパシーを感じている。事実として、両親にたっぷり愛されて育った子供よりは、夏目はより近いと言えるかもしれません。

自分に似たものに対してシンパシーを覚えるのは、いわば心の作用です。あなたには心があるから、その作用で、夏目に自分を投影している。夏目という鏡に自分自身を映しているのだから、似たものを感じて当然です。しかしあなたと夏目は決定的にちがいます。同質ではあっても、同類ではない。

夏目には心がありません。

本来、心があるはずの場所には、空虚な砂漠が広がっているだけです。心がないので、シンパシーのような心の作用もありません。あるのは現象に対する反応ないし反射、あるいは生存本能だけです。あなたが夏目に対して抱いているシンパシーを、夏目はあなたに抱いていません。あなたのことを対象としてしか見ていない。

たとえばあなたは、トンボの羽を一枚ずつ引きちぎって、無意味に殺すことができますか？

あなたは人を殺す想像はできても、実際には殺せない人です。それが普通の人間です。しかし夏目はちがいます。夏目はただ、対象に対する無機質な反応だけで、殺してしまえる人間です。殺される相手の気持ちを想像することなどありません。そこに心はないからです。

あなたには心があるから、夏目という人間を理解したいと思い、また理解しようと脳を働かせている。なるべく彼を肯定する方向に解釈しようと想像をめぐらせている。しかし理解しようと思っても、そこに夏目の心はありません。あるのは空虚な砂漠のみ。雨も降らず、草も生えない、永遠に潤うことのない乾いた砂の世界がどこまでも広がっているだけです。そこに何かが映ったとしても、それは実体のない、あなた自身の心が投影されただけの、砂上の蜃気楼にすぎません。

生まれてすぐ、コインロッカーに捨てられたその日、息苦しく寒い暗闇の中で、夏目の心は剝奪されています。わずかに残った心の残骸ですら、彼が父と慕った人を奪われたときに失ってしまいました。

夏目を理解しようとするのはやめなさい。あれは決して近づいてはいけない人間です。死刑にするか、永久に閉じ込めておくしかない人間です。野に放てば、必ずまた罪を犯します。それが彼の世界に対する反応だからです。

あなたは生まれ育った環境もあって、感受性が強く、細やかな神経を持っています。また、こうして推理して正解を導きだしたように、頭もいい。なにより自分で思っている以上に、優しい人です。自分を殺した夏目に対してさえ、怒りでも憎しみでもなく、今でもシンパシーを持ち続けている。そして理解しようと努めています。憎むより、恨むより、理解しようとする。それは人間の心が持つ優しさという感情です。

とはいえ、それも凡庸の域を出ない。その証拠に、あなたは大学に行きたいと思っています。もしあなたに特別な才能があるなら、手にした一千万円を有効活用して、事業でもはじめるでしょう。大学に行くという、もっとも保守的で無難な選択をしている時点で、あなたは普通の人生のコースを進んでいく人です。正規のルートに乗り、その範囲内で生きていく人です。

夏目はちがいます。向こうは本物のモンスターです。決して近づいてはいけない。理解しようとしてもいけない。隙を見せれば食いつかれます。あなたが殺された理由は、隙を見せたからということに尽きます。

夏目に同情する必要はありません。犯罪者とその成育環境はよく結びつけられがちですけど、実際はあまり関係ありません。夏目の生まれ育ちに同情する必要はなく、ただ彼が犯した行為のみで判断し、処断すればいいのです。くりかえしますが、向こうは本物のモンスターです。つねに生死の境目があいまいな、黄泉《よみ》の世界と隣りあわせで生きている人間です。死神と呼んでもいい。夏目は生きているかぎり、周囲に死をもたらします。決して近づいてはならないと忠告しておきます」

沙羅は土田に背を向けた。デスクに向かい、タブレットをキーボードにセットする。なにやら打ち込みはじめる。

土田は、沙羅の背中に向けてつぶやいた。

「それなら、なぜ……」

「ん？」

「それならなぜ、夏目をこの世に生んだのですか？」

「さあ。それは閻魔ではなく、神の領域です。神は、人間を地上に生みだす製造工場。閻魔は、死後に魂を回収して浄化するリサイクルセンター。お互いに干渉しないのがルールとなっています。まあ、向こうの仕事はかなりいい加減なので、時折、こういう不良品を生んでしまうんですよね」

沙羅は話しながらも、キーボード入力の手を止めることはなかった。

この少女は、天使か、悪魔か。

沙羅の言葉がずっと心に引っかかっていた。

空虚な砂漠。

土田が思っていた夏目は、土田の心が映しだされた投影像にすぎないのだろうか。夏目は心のない、誰とも感情を通わせることのないモンスターなのだろうか。

永遠に一人ぼっちのモンスター。

だとしたら、なぜ生まれてきた？　夏目は……、俺は……。

沙羅は、打ち込み作業を終えた。

「では、いきますか」

「あ、はい」

「ちなみに生き返ったあと、夏目ともう一度、対話することを望みますか？」

「……はい」

「分かりました。そのように手配しておきます。では、いきましょう。時空の隙間に無理やりねじ込むので、めっちゃ痛いですけど、我慢してください」

「はい。ありがとうございました」

「今日が私の担当でラッキーでしたね。ここにいたのが父だったら、あなたみたいな無個性な人間、『つまんねえ奴じゃな、けっ』とひとくくりにされて地獄行きだったかもしれませんよ。では、さようなら。受験勉強、頑張ってください。ちちんぷいぷい、土田裕太、地上に還れ」

沙羅は、エンターキーを押した。

4

——なんだ、この匂い……。

ふいに意識が戻る。刺すような強烈な匂いが、鼻をついた。

これは……、灯油？　……ひどく油くさい。

全身がびしょびしょだ。寒い。

なぜ？

目を開ける。焦点がうまく結ばない。

体がだるくて、思ったように手足を動かせない。

ここはどこ？　俺は何をしている？

記憶がつながらない。

部屋は暗かった。いや、一点だけ明るい。その光に目がいく。

火花が散っていた。火花は床を這い、少しずつ進んでいく。導火線？　火花は水たまりに向かって進んでいる。

ここは夏目の部屋？　そうか、祭りのあと……。

やっと記憶がつながった。

危険な状況であることは本能で分かった。はやく逃げないと。

夏目はどこに行った？

体が動かない。火花はバチバチと音を立てながら、床を進んでいく。水たまりにまもなく到達する。

そのときドアが開いた。人が靴音を鳴らして入ってくる。

「な、なんだ、これは？」

部屋に明かりがついた。

「これは、灯油？」

おぼろげに男の顔が見えた。短髪で、スーツを着ている。四十代くらい。キツネ顔で、目つきが険しい。

「まずい、引火する」

男は駆けだした。導火線をつかみ、進行する火花を、火傷《やけど》覚悟で握りつぶした。

「本部に連絡しろ。救急車も呼べ」

男は外に向かって叫んだ。ドタドタと足音を立てて、数人が部屋に入ってくるのが分かった。

男は土田のところに歩いてくる。

「君、大丈夫か？」

返事をしようとしたが、声が出なかった。体はぐったりしたままだ。なんとか顔を上げて、うなずいた。

意識が落ちていく。

「君、しっかりしろ、おい」

その声が遠ざかっていく――

「危ないところだったよ、君」峰岸《みねぎし》刑事は言った。「といっても、君には訳が分からないだろうが」

導火線の火を素手で握りつぶしたのが峰岸だった。

そのあと救急車が来て、土田は担架で運びだされた。丸一日眠って、目が覚めたときは病院のベッドの上だった。全身の灯油は洗い流されていた。

うっすらした記憶しかない。意識が朦朧としていたのは、過剰な睡眠薬を飲まされたせいだった。

そのまま入院した。

峰岸が病室を訪ねてきたのは、その二日後のことだ。

「君には法廷で証言してもらうことになるかもしれないから、順を追って説明させてもらうよ」

峰岸は右手に包帯を巻いていた。その手が大きかった。学生時代はサッカーのゴールキーパーをやっていたそうだ。

「なにから話したらいいか。夏目の……、いや、もとは槙原広西というのだが、ここでは夏目で通そう。君は夏目の本性を知らないようだから、そうだな、まずは夏目の生い立ちから話すか。夏目は生まれてすぐ、母親に捨てられた。駅のコインロッカーに、へその緒がついた状態で――」

峰岸刑事の説明が続いた。

俊光院という施設で育ったこと。小六で夏目家に養子に入ったこと。高二でその養父母を殺害したこと。現在、二十歳を超えていること。

なにより夏目が土田に接近した理由。そこには恐るべき犯行計画があった。

夏目が警察宛てに送った遺書のコピーを見せてもらった。読んでいたら、手ががちがちに震えてきた。

「でも、峰岸さんはなぜあのタイミングで、あそこに来られたんですか？」

「警察に匿名の電話があったんだ。夏目広西を見たというね」

「匿名ですか」

「若い女だったそうだ。話の内容から信憑《しんぴょう》性が高いものと判断して、聞いた夏目の住所に急行した。しばらく見張っていたら、夏目が一人で出てきた。君の自宅に向かうつもりだったようだ。現金で七百万円持っていた。私たちは夏目だと確認し、その場で取り押さえた。抵抗はしなかったよ。涼しげな顔だった」

「…………」

「もう捕まったのだから、君を殺す必要はなくなったはずだ。だが、あいつは何も言わなかった。君を見殺しにしたんだ。ただ、夏目が部屋に鍵をかけていなかったので、気になって夏目の部屋に入ってみた。ドアを開けて、びっくりだ。部屋は灯油くさく、導火線の火が灯油だまりに近づいていた。そして君が倒れていた。本能で飛び出して、導火線の火を消した。間一髪だった」

匿名の電話は、祭りで会ったハゼキカナコかと思った。

「じゃあ、夏目は逮捕されたんですね」

「ああ」

ただし逮捕後も、夏目は一言もしゃべっていないという。峰岸が話したことは、夏目の自白ではなく、警察が状況から推測したことにすぎない。

夏目は十八リットル缶三本分の灯油をまいていた。アパートにはあのとき、他に三人の住人がいた。引火していたら、全員死んでいた可能性もある。

未成年時とはいえ、夏目夫妻の殺人と放火。そして成人後に、土田とアパートの住人三人に対する放火殺人未遂。すべてを合わせると、前例はないそうだが、夏目が死刑になる可能性もある、と峰岸は言った。

説明は理解できたが、実感はなかった。

夏目からは何の気配も感じなかった。むしろ土田は、夏目に対してシンパシーを感じていた。しかし夏目にとって土田は、ただの獲物にすぎなかったのだ。野生動物が獲物を狩るように、土田の戸籍を食ってやろうと、虎視眈々《こしたんたん》と準備を進めていた。

土田は、無意識に爪を嚙んでいることに気づいてやめた。

「あの、夏目はどうしてますか？」

「元気だよ。落ち込んでいる様子はまったくない。出された食事は残さず食べるし」

峰岸はあきれたように言った。

「留置場ではもっぱら本を読んでいるよ。どこで覚えたんだか、中国語も英語も普通に読めるようだ。でも取り調べには何も答えない。名前すら言わない。だから俺は、あいつの声をまだ聞いていない。弁護士にすら何も言わないんだから」

土田は衝動的に言っていた。

「あの、夏目と話すことはできませんか？」

三日後、土田は一人で警察署に来た。

「こういうことは本当はまずいんだ。誰にも言わないでくれよ。バレたら、俺の首が飛ぶから」

峰岸は苦笑いを浮かべた。

夏目はまだ一言も発していないらしい。

犯人と被害者を同じ部屋で対面させるのは、もちろんご法度《はっと》だ。しかしそれによって夏目が事件について話すきっかけになってくれればと、許可された。しかし上には話を通しておらず、現場の刑事だけで対応するとのこと。

取調室には、夏目が一人で入っている。手錠と腰縄をつけられているため、なにかしてくる可能性はない。

峰岸たちは隣の部屋で、マジックミラー越しに様子を見ているという。

取調室の前まで来て、峰岸は言った。

「やっぱり俺も一緒に入ろうか？」

「いや、それだと夏目はいっさい口を開かないと思いますよ」

「それは、そうだな」

峰岸を残し、土田は取調室のドアを開けた。

狭い部屋だ。鉄格子のついた窓の隙間から、わずかに光が射《さ》し込《こ》んでいる。部屋には照明がついているのに、暗く感じた。

夏目は手錠をかけられた状態で、猫背で座っていた。土田が一人で入ってくるとは思わなかったのか、一瞬だけ驚いたような表情を浮かべた。

夏目に対する恐怖心はなかった。

事件から六日が経つが、ずいぶん昔のように感じられる。古い友だちと再会したような気分だ。

一度死にかけたからか、度胸がついたような気がした。地獄めぐりをして生還したような気分で、恐れがなくなった。

夏目の顔色はよかった。それは分かっていた。逮捕されても、死刑判決を受けても、死刑執行される直前でさえ、夏目は夏目のまま、表情を変えることはないだろう。夏目は何も変わらない。ただ、夏目という人間であり続けるだけだ。

「よう」と土田は言った。

「やあ」と夏目は返した。

土田は席に座った。夏目と目が合った。

夏目は土田から視線をそらさなかった。悪びれる様子はまったくない。土田を殺すつもりだったことなど、とっくに忘れてしまったかのようだ。

とはいえ、少し疲れている様子は見えた。

「大丈夫か？」と土田は言った。

そのセリフに驚いたかのように、夏目は瞳を二度、ぱちくりさせた。その仕草が意外とかわいかった。

夏目の顔をこんな真正面から見たのは、初めてかもしれない。夏目の顔は、アルマーニを着て現れた小六の転校初日と、ほとんど変わっていない。小学生にしては丸みのない顔が、そのまま大きくなっただけ。

「俺を殺すつもりだったんだって?」

夏目は何も答えなかった。ただじっと、感情のない目で、土田を見つめ返していた。

こいつには心がないのか、と思った。

まるで死体に話しかけているみたいに、反応がない。喜びも悲しみもなく、動じることもうろたえることもない。

だとしたら、おまえは何のために生きている? なぜ生まれてきた?

心の中で問いかけても、夏目は何の反応も返さない。

「俺の戸籍を乗っ取るつもりだったんだってな。いつから計画を立てていたんだ? 図書館の前で再会したときから? それとも、もっと以前から俺をターゲットに絞っていて、偶然をよそおって近づいてきたのか?」

この問いかけには意味がある。後者だとしたら、母を殺したのは夏目だった可能性もある。

俺の母を殺したのはおまえなのか?

質問の意図を察したのか、夏目は答えた。

「土田のおふくろを殺したのは俺じゃないよ。土田が図書館で勉強しているのをたまたま見かけた。以前から、戸籍乗っ取りのターゲットを探していた。土田の家はシングルマザーであることを思い出し、ネット検索してみたら、土田のおふくろが火事で死んでいたことが分かって、ターゲットにふさわしい条件をそなえていると思った。だから土田晶子を殺したのは俺じゃない。あれは寝煙草が原因だ」

夏目が嘘を言っている可能性もあった。だが、なぜか信じられた。夏目は真実を語っている。

「そうか。それならいい。それだけ知りたかったんだ」

沈黙が下りた。肩の力が抜けていた。

ふいに聞いていた。「おまえ、生まれてすぐ、コインロッカーに捨てられたんだって？」

夏目は何も答えなかった。

「あれ、これって聞いちゃまずかった？　もしかしてタブー？」

夏目に対する遠慮がなくなっていた。

夏目は何も答えない。かといって気分を害した様子もない。ただの無表情だった。

「なんで夏目夫妻、殺しちゃったの？」

夏目は答えない。

「成績のことでとやかく言われて、うざかったとか？　それとも、なんとなく殺してみたくなっちゃったわけ？」

夏目は答えない。

「いや、まあ、答えたくないなら、答えなくてもいいけど。夏目夫妻のことは、俺には関係ないし」

夏目は答えない。ただ、虚空を見つめている。

不安になってくる。

その目に土田はちゃんと映っているのだろうか。どこかに心を置き忘れてしまっているのではないか。

「最後に一つだけ聞いておきたいことがあるんだ。小六のときのことなんだけど」

夏目の瞳の色が変わった。瞳孔が収縮し、黒色が増した。

「杉尾をやったの、おまえだろ？」

夏目の表情に初めて変化があった。鼻から息が抜けて、表情筋が弛緩《しかん》した。奇妙な笑い方をしたような顔になった。実際に笑ったのかどうかは分からない。

「ああ」夏目は答えた。

「やっぱり。今まで黙っていたけど、ずっとおまえの犯行だと思っていたよ」

「土田が俺を疑っていることを、俺も知ってた」

「あれってどうやったの？　もう時効だから教えてよ」

「あれって、もう時効なの？」

「さあ。知らないけど、でもあのとき小六だから、どっちにしても罪には問えないだろ」

「でも隣の部屋で、峰岸のおっさんが聞いてんだろ」

夏目は壁の鏡に向けて、ピースサインをした。

「やっぱり知ってたんだ」

土田も真似して、鏡に向けてピースサインをした。

夏目は言った。「杉尾が吸う煙草に、爆薬をしかけた。同じ銘柄の煙草を買って、一本の葉をほじくり出し、爆薬をつめて、ふたたび葉でふたをする。火をつけた瞬間に爆発するように調整した。あとは職員室に忍び込んで、杉尾のデスクの上に置いてある煙草の箱に入れるだけ」

「爆薬はどうやって手に入れたの？」

「今の時代、ネットでたいていの知識と道具は手に入るんだ」

「なるほど」

「人間の指を吹き飛ばすくらいのものなら、簡単に作れる。それでも二週間かかった。試作品を二十は作った。重要なのは、持ったときに重さで気づかれないこと。もとの煙草と同じ重量にしなければならない。それでいて破壊力のある爆薬の入手と、その重さの調整に少してこずった」

「小六のときに、そんなことやってたのか。で、動機はなに？　やっぱり片足立ち事件の恨み？　それとも席替えの件？」

「どっちも」

「まあ、いいけど。俺も杉尾は嫌いだったから。おまえは知らないだろうけど、一学期に『私の大切な人』っていう題で作文を書かされたんだ。俺は野良猫の話を書いた。そしたら猫は人じゃないという理由で０点だった。それ以来、杉尾のことは大嫌いだった。だから、いい気味だ」

「杉尾のその後、知ってる？」

「知らない」

「自殺したよ。二年後に」

「なんで？」

「さあ、世をはかなんだのかな」

夏目は無表情で言った。猫背の姿勢で、肩を脱力させ、手錠をかけられた両手をひざの上に置いている。気負いも脅えも見られない。

怖くないのか？　心で問いかけた。

死刑になるかもしれないんだぞ。なぜ脅えない？

おまえが通ったあとは死屍累々《ししるいるい》だ。杉尾、夏目夫妻、そして土田自身もそうなるところだった。

今、初めて恐怖を感じた。

峰岸が来なければ、土田は死んでいた。死を想像することは、純粋に恐ろしかった。

「……じゃあ、帰るかな。聞きたいことはもうないし」

あらためて夏目の顔を見つめた。

「よく分かったよ。俺には、おまえのことはよく分からない。理解しようもない。生まれてすぐ、コインロッカーに捨てられた経験もないし。なんとなくシンパシーを感じていたけど、ぜんぜんだったな。俺も家族には恵まれなかったけど、それでも、あんなのでも母親はいたわけだし。

俺は、おまえに憧れていたのかもしれない。常識とか、学歴とか、将来の不安とか、世間体とか、そういうものにとらわれずに生きているおまえに。おまえのことを強い人間だと思っていた。

でも、ちがっていた。おまえとは住む世界も、いや、生き物としての種類がちがっていた。俺は、凡人なんだな。普通に幸せになりたいって思っちゃうし、普通に大学に行こうとしているし。学校の同級生に対しても、俺は特別なんだ、おまえらとはちがうんだって思っていたけど、俺はぜんぜん特別じゃなかった。どこにでもいる、ありふれた人間だ。

だから普通でいることに安心を覚える。型にはまっていると落ち着く。未来がある程度決まっていないと不安だ。

俺はむかつくことがあっても、人を殺したりしない。そんなことをしたら、あとで大変なことになると思って、その場の感情を抑える。結局、自分がかわいいんだろ。でも、おまえはちがう。おまえは本当に殺してしまう。そして逮捕されても、死刑になっても、反省も後悔もしない。脅えも恨みもしない。罪の意識だってない。本当に何も感じていないんだ。

おまえの心は砂漠だ。荒涼とした大地に、砂だけが永遠に続いている。雨も降らない。草も生えない。光も射さない。音も色も匂いもない。空虚な風が吹いているだけの、誰も住まない孤独な砂の世界だ。おまえは何にもとらわれていないんじゃない。単に、何もないんだ。おまえの中には何も。それがあるはずの場所に、何もないんだ。それが分かったから、もうおまえに憧れない」

土田は、まっすぐ夏目を見つめた。

「なんか死刑になるかもしれないけど、達者でな」

「ああ」と夏目は答えた。

「おまえの裁判には出廷しない。裁判で証言してくれって頼まれても、断るから。だからおまえに不利な証言もしないけど、有利な証言もできない。まあ、事実関係はもう確定しているから、争うこともないだろうけど」

「ああ」

「たびたびおごってくれてありがとう。バイト代も」

「ああ」

「ところで俺がバイトしたあれって、なんだったの？」

「さあ」

「なあ。最初に会ったときのこと、覚えてるか。小六のとき、おまえがアルマーニのスーツを着て、転校してきた日のことだ。おまえは俺の前の席に座って、最初になんて言ったか覚えてる？」

「覚えてない」

「『コーセーって呼んで』って言ったんだ」

「…………」

「でも、俺はそうは呼ばなかった。夏目って呼び続けた」

「…………」

「夏目って呼ばれるの、嫌だったか？」

「…………」

「コーセーって呼んでいたら、俺たちの関係も、その後の未来も、少しは変わっただろうか」

「………」

「夏目って呼ばれるのが嫌だったら、そう言えばよかったんだよ。『夏目じゃなくて、コーセーって呼んで』って、もう一度」

「………」

「嫌なら嫌って言えばよかったんだ。それが人間の心なんだから。苦しかったら叫べばいい。悲しかったら泣けばいい。それが人間の心なんだ」

「………」

「もう手遅れだけど」

そう言ったら、全身から力が抜けた。土田は言った。

「最後に一つ、聞いていいか？」

「なに？」

「俺を殺すとき、躊躇《ちゅうちょ》はなかったのか？」

「………」

「なかったんだろうな、きっと」

土田は席を立った。夏目に背を向けた。

「おまえには感謝しているよ。おまえと会って初めて、人間というものに興味を持てた」

「…………」

「大学は心理学部に行こうと思っている。その先のことはまだ考えていないけど」

もう振り向かなかった。部屋から出ようと、ドアノブに手をかけたところで、夏目が言った。

「受験、頑張れよ」

「へっ、バカにしやがって」

土田は足を止め、振り向いた。夏目の顔は嗤《わら》っていた。

本書は書き下ろしです。

〈著者紹介〉

木元哉多（きもと・かなた）

埼玉県出身。『閻魔堂沙羅の推理奇譚』で第55回メフィスト賞を受賞しデビュー。新人離れした筆運びと巧みなストーリーテリングが武器。

閻《えん》魔《ま》堂《どう》沙《さ》羅《ら》の推《すい》理《り》奇《き》譚《たん》

業火《ごうか》のワイダニット

2018年8月20日　第1刷発行　　定価はカバーに表示してあります

著者……………………………木《き》元《もと》哉《かな》多《た》

発行者…………………………渡瀬昌彦

発行所…………………………株式会社 講談社

〒112-8001 東京都文京区音羽2-12-21

編集03-5395-3506

販売03-5395-5817

業務03-5395-3615

本文データ制作……………講談社デジタル製作

印刷……………………………豊国印刷株式会社

製本……………………………株式会社国宝社

カバー印刷…………………慶昌堂印刷株式会社

装丁フォーマット…………ムシカゴグラフィクス

本文フォーマット…………next door design

ISBN978-4-06-512649-3　N.D.C.913　346p　15cm

いつだって人生はやり直せる。
「救われたければ、
謎を解きなさい」
そう、たとえ死んでからだって！

ここがエンタメ最前線。メフィスト賞、続々刊行中！

〈本格ミステリ界、大激震！〉

「絶賛」か「激怒」しかいらない。

すべてのミステリ読みへの挑戦状！

第53回『NO推理、NO探偵？』

柾《まさ》木《き》政《まさ》宗《むね》（講談社ノベルス）

〈大重版御礼！　第二作刊行中！〉
すべての伏線が愛――。この恋の秘密に
必ず涙する、感動の恋愛ミステリ。
第54回『毎年、記憶を失う彼女の救いかた』
望《もち》月《づき》拓《たく》海《み》（講談社タイガ）

〈大人気！　シリーズ続々刊行！〉

「犯人がわからない？　あなたは地獄行きね」

死者復活を賭けた推理ゲーム！

第55回『閻魔堂沙羅の推理奇譚』

木《き》元《もと》哉《かな》多《た》（講談社タイガ）

〈事件は常にコンビニで起きている！〉
コンビニを愛しすぎた著者が描く、
謎解き鮮やか、仕掛け重厚〝青春ミステリー〟
第56回『コンビニなしでは生きられない』
秋《あき》保《う》水《すい》菓《か》（講談社ノベルス）

〈大反響、緊急重版！〉
ある日、息子が虫になった。
そのとき、あなたはどうしますか――？
第57回『人間に向いてない』
黒《くろ》澤《さわ》いづみ（単行本）

〈東浩紀、感嘆。大森望、驚嘆〉
作者《おれ》が、きみもセカイも救ってみせる。
これが新時代のセカイ系！
第58回『異セカイ系』
名《な》倉《ぐら》編《あむ》（講談社タイガ）

講談社
タイガ

望月拓海

毎年、記憶を失う彼女の救いかた

私は1年しか生きられない。毎年、私の記憶は両親の事故死直後に戻ってしまう。空白の3年を抱えた私の前に現れた見知らぬ小説家は、ある賭けを持ちかける。「1ヵ月デートして、僕の正体がわかったら君の勝ち。わからなかったら僕の勝ち」。事故以来、他人に心を閉ざしていたけれど、デートを重ねるうち彼の優しさに惹かれていき——。この恋の秘密に、あなたは必ず涙する。